DER HANDEL DER JUNGFRAU

EINE MILLIARDÄRSROMANZE

MICHELLE L.

INHALT

Klappentext   v

Kapitel 1   1
Kapitel 2   9
Kapitel 3   17
Kapitel 4   25
Kapitel 5   32
Kapitel 6   40
Kapitel 7   49
Kapitel 8   59
Kapitel 9   62

Veröffentlicht in Deutschland:

Von: Michelle L.

© Copyright 2021

ISBN: 978-1-64808-913-8

ALLE RECHTE VORBEHALTEN. Kein Teil dieser Publikation darf ohne der ausdrücklichen schriftlichen, datierten und unterzeichneten Genehmigung des Autors in irgendeiner Form, elektronisch oder mechanisch, einschließlich Fotokopien, Aufzeichnungen oder durch Informationsspeicherungen oder Wiederherstellungssysteme reproduziert oder übertragen werden. storage or retrieval system without express written, dated and signed permission from the author

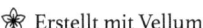 Erstellt mit Vellum

KLAPPENTEXT

In meinem Leben gibt es momentan zwei Männer; der eine, ohne den ich nicht leben kann, und der andere, durch den ich vielleicht sterben werde. Morty Branch stalkt mich seit sechs Monaten aus unerfindlichen Gründen über das Internet und hat gerade die Bombe platzen lassen, dass er weiß, wo ich wohne und mich holen kommt. Ich brauche Hilfe – und das schnell. Und der einzige Mann, an den ich mich wenden kann, ist mein Traummann. Aber wer genau ist eigentlich Sergei? Wieso ist er sich so sicher, dass er sich um mein Stalkerproblem kümmern kann? Und wie kann ich mich erkenntlich zeigen? Ich habe ihm nichts zu bieten, das er will, außer meiner Unschuld – zumindest denke ich das. Als er mit einem Gegenangebot kommt, bin ich fasziniert. Er wird mich beschützen... und im Gegenzug gehöre ich ihm für eine Woche.

Gerade hat mir eine süße, kleine Jungfrau als Gegenleistung für ihren Schutz ihren Körper angeboten. Wäre ich ein Mann ohne Werte, wäre ich darauf eingegangen. Aber ich nutze verzweifelte

Frauen nicht aus – und diese Frau ist wirklich sehr verzweifelt. Stattdessen legte ich eine einfache Regel fest: Ich werde sie beschützen, als Gegenzug gehört sie eine schöne Woche lang mir und wohnt bei mir. Ihre Einwilligung gestaltet die Dinge für mich bestimmt interessant, da ich das Geheimnis um ihren hartnäckigen, jetzt mordlüsternen Stalker lüfte. Aber als meine eigene dunkle Seite des Lebens meine Catherine verscheucht, muss ich sie finden und retten, bevor Morty Branch mir zuvorkommt.

1

Catherine

Ich geb mich den Tagträumen über meinen Nachbarn Sergei hin, während ich meine E-Mails abrufe, aber der Schock über die zehn neuen Nach-richten bringt mich abrupt wieder in die Realität zurück. Sie alle sind von demselben Absender, alle haben Anhänge und ich möchte sie unter keinen Umständen öffnen. Die fleischfarbenen Vorschaubilder unten an meinem Bildschirm sagen genug aus.

Der große, verwegene, attraktive Slawe, der im Penthouse des Hauses wohnt, verschwindet zum ersten Mal seit Stunden aus meinem Kopf, während ich mich von meinem Schreibtischstuhl erhebe. Ich kann mich jetzt nicht damit beschäftigen. Ich verlasse den begehbaren Kleiderschrank, der mir als Computerecke dient, und eile in die Küche, um mir eine Tasse Tee zu machen.

Ich fange an zu weinen, während der Tee in meiner winzigen, lilafarbenen Teekanne aus Ton vor sich hin zieht. Die Tränen haben eine Menge Treibstoff: Verwirrung, Trauer, Verlegenheit, Angst, Scham und selbst Wut sowohl auf mich selbst als auch auf den Verfasser der E-Mails. Es dauert einige Minuten, bis ich mich zum Aufhören zwingen kann.

So hilf mir doch jemand, schreie ich in Gedanken. Ich habe in sechs Monaten fünfmal meine E-Mail-Adresse und viermal meine Telefonnummer geändert. Die Behörden wissen Bescheid; ich schicke ihnen alles zu, was ich von ihm erhalte, aber sie haben bisher nichts unternommen, was mir helfen könnte.

Morty, mein Stalker, war anfangs ein Freund, den ich online kennengelernt hatte. Ich gehe dank meiner Gesundheit nicht viel raus, weshalb ich im wirklichen Leben auch kaum Freunde habe. Ich dachte, er wäre zwanzig und aus meiner Heimatstadt in Seattle. Er erzählte mir, dass er in einem Betrieb meines Vaters Energieingenieur war. Er behauptete, er wäre auf mich neugierig geworden, als ich einige Male wegen meiner Kunst in der Zeitung war.

Morty war höflich und intelligent, vollkommen anders als all die widerlichen Typen, die ich am Ende immer blockiere. Er antwortete auf eine Art, die deutlich machte, dass er tatsächlich las, was ich schrieb, und akzeptierte meine Sichtweisen. Er brachte mich dazu, mich sicher zu fühlen, so dass wir schließlich Bilder austauschten – nur normale, keine Nacktbilder.

Ich lasse mich nicht gerne fotografieren. An meinem Aussehen ist nicht wirklich etwas auszusetzen, außer natürlich, dass ich so jung und verletzlich aussehe. Ich bin gerade mal 1,50 m groß und schlank, mit gewelltem kastanienbraunen Haar, blasser Haut und großen, hellbraunen Augen.

Auf seinen Fotos ist ein Typ zu sehen, der ein bisschen älter ist als ich, der etwas schwächlich und pummelig ist, aber ein freundliches Gesicht mit großen, braunen Augen und braune Haare mit einem Igelschnitt hat. Er mochte anscheinend die typische Kleidung der 90er, einschließlich der locker sitzenden, hellen Stonewash-Jeans und dem Trenchcoat. Nicht gutaussehend, aber das machte mir nichts aus, besonders nicht zu dem Zeitpunkt.

Nicht jeder kann so wie dieser mysteriöse, wohlhabende Mann da oben sein, von dem ich gerne noch weiter in Tagträumen versinken möchte. Ich hätte heute Abend glücklich benebelt herumlaufen können und mich im Bett mein Kopfkissen umarmend fragen können, wonach Sergeis dickes, schwarzes Haar riecht. Stattdessen sitze ich nun hier und befasse mich mit der ganzen Morty-Scheiße.

Schon wieder.

Wir haben fast einen ganzen Monat lang online geschrieben, bevor er etwas offline machte. Aber als er dann seinen Mantel der Höflichkeit ablegte – was für ein Monster kam da zutage. Ich habe keine Ahnung, was ihn überhaupt am Ende dieses Monats dazu veranlasst hat. Ich traf mich mit niemandem sonst, also hatte es sicher nichts mit Eifersucht zu tun. Ich hatte keinen Streit mit ihm und tat auch sonst nichts, was ihn irgendwie auch nur gekränkt oder gar verletzt hätte. Aber eines Tages, aus dem Nichts, schrieb er mir eine E-Mail und nannte mich eine reiche, irre Hure und sagte mir, er wolle mich mit einem Messer ficken.

Ich glaubte zunächst nicht, dass das Morty war. Seine Persönlichkeit hatte sich im Vergleich zu vorher um 180 Grad gewendet und ich war mir sicher, dass sein Konto gehackt wurde! Aber Pustekuchen. Sobald ich ihm zur Bestätigung auf Facebook schrieb, wiederholte er seine entsetzliche Drohung neben anderen.

Ich war so schockiert, dass ich ihn sofort meldete, seine E-Mail-Adresse blockierte und zur Polizei ging. Nachdem ich den Polizisten Kopien der Drohungen zusammen mit Mortys Fotos übergab, hoffte ich, dass es das jetzt war. Aber natürlich war es das nicht.

Morty schickt mir jetzt schon seit sechs Monaten Drohmails

von verschiedenen Wegwerfadressen. Die meisten von ihnen haben sexuelle Inhalte, voller Vergewaltigungspornobildern und Beschreibungen darüber, was dieser tobende Widerling mir denn alles antun möchte, sobald er mich in die Hände bekam. Aber seit kurzem ist es weniger Porno und dafür mehr Folterung.

Es geht nicht nur darum, dass so ein Typ so ein schäbiger Wichser sein muss, damit ich nicht mit ihm ausgehen möchte. Dieses Arschloch terrorisiert mich und dank der Dinge, die ich ihm, naiv wie ich bin, anvertraut habe – was soll ich sagen? Ich war einsam – weiß er genau, wie sehr seine Schikane mich trifft.

Ich habe PTBS mit Agoraphobie und Panikattacken, seit meine Familie bei einer Explosion umkam, als ich fünf war. Ich gehe nicht gern raus und ich habe Probleme, in Räumen mit mehr als vier Personen zu bleiben. Laute Geräusche, besonders Feuerwerk, Schüsse oder Filmexplosionen können mich in so eine Angst versetzen, dass ich eine Panikattacke oder noch schlimmer – einen Flashback – bekomme.

Ich nehme Medikamente, meditiere, mache Sport, gehe zum Therapeuten und zwinge mich, meine Wohnung regelmäßig zu verlassen. Dennoch bin ich immer noch so ziemlich an meine Wohnung gefesselt. Darauf bin ich nicht stolz; ich habe es nicht einmal Morty gegenüber zugegeben, bis letzten Monat.

Zum Glück erhielt ich eine riesige Versicherungsabfindung zusammen mit dem, was ich von meinen Eltern geerbt habe. Dadurch kann ich trotz meiner Probleme gut leben. Die Wohnung ist groß, sicher und luxuriös. Ich habe meinen eigenen verglasten Balkon, den ich als Gewächshaus benutze, und ich habe sogar ein Gästezimmer, das ich zu einem kleinen Kunstatelier umwandeln konnte.

Mein Leben ist die meiste Zeit gar nicht so schlecht, obwohl ich meine Freunde an einer Hand abzählen kann und meine einzige auch nur ansatzweise vorhandene Liebeserfahrung sind meine Gedanken bezüglich meines mysteriösen Nachbarn. Aber im Internetzeitalter kann ich fast alles online bestellen, was ich brauche, vom Sushi bis hin zur Taxifahrt zu meinem Therapeuten.

Ich nehme einen tiefen, beruhigenden Atemzug und versuche, meine Gedanken zu ordnen. Der Kamillentee füllt jetzt die Luft mit seinem süßen, zarten Duft. Ich greife nach meiner Lieblingskatzentasse und gieße die goldene Flüssigkeit hinein, gebe dann einen Löffel Naturhonig hinzu und rühre um.

Ich nippe daran und lese für eine Weile auf meinem Handy still die Nach-richten. Innerlich stütze ich mich auf die üblichen Bestärkungen. Jede einzelne nimmt mir etwas Angst, bis ich wieder klar denken kann.

Morty ist ein Feigling. Er labert nur. Nie und nimmer wird er tatsächlich versuchen, eines seiner kranken „Versprechen" einzulösen. Nicht eines.

Ich bin fast an dem Punkt angelangt, wo ich es in Betracht ziehen könnte, einen Blick auf diese verdammten E-Mails zu werfen. Aber ich rühre mich nicht, atme tief und langsam durch, während ich in meinem Kopf nach etwas anderes Ausschau halte, worauf ich mich konzentrieren kann.

Wenigstens gibt es Sergei.

Sergei wohnt im Penthouse und ihm gehört das Haus – neben einigen anderen in der Nachbarschaft. Er ist diese Art von reich, nach der nicht einmal mein Vater gestrebt hatte und keiner weiß überhaupt, wie er dazu kam. Es gibt so viele Gerüchte über unseren heißen, aristokratisch aus-sehenden Vermieter, so dass ich keine Ahnung habe, was nun wirklich wahr ist.

Aber trotzdem ist der Gedanke an ihn so wie das Hineingleiten in meinen Whirlpool: warm, entspannend und hinterlässt überall ein Kribbeln. Er nimmt mir nicht die ganze Angst und Wut, aber mein Kopf kommt dadurch für einen Moment zur Ruhe.

Ist er ein geheimer Nachfahre des russischen Adels? Ist er ein Krimineller? Ist er ein scheuer Künstler? Ein Schriftsteller? Ein Flüchtling aus Putins Russland, dem eine hohe Wiedergutmachung gezahlt wurde?

Es gibt für mich absolut keine Möglichkeit, es herauszufinden und das Geheimnis, das Sergej umgibt, macht ihn für mich umso attraktiver. Nicht dass er in dem Bereich irgendwelche Hilfe nötig hätte. Er hat all die Intensität und Athletik eines Militärs und all die Eleganz eines Mannes von Stand.

Groß und gebieterisch, von starker Statur und akribisch gut gekleidet, sieht er wie die Art Mann aus, die in einem Schloss mit einer Krone auf der Stirn lebt. Dickes, gewelltes, rabenschwarzes Haar umrandet sein starkes, schmales Gesicht mit heller Haut, sinnlich geschwungenen Lippen und schmalen, tiefgrünen Augen. Seine Stimme ist tief und klangvoll, mit einem leicht russischen Akzent.

Zum ersten Mal sind wir uns begegnet, als wir von der Lobby gemeinsam mit dem Fahrstuhl nach oben fuhren. Ich kam gerade von meiner Therapiesitzung am Nachmittag, fühlte mich verletzlich und müde und war so er-leichtert, den mit Spiegeln ausgekleidete Fahrstuhl für mich zu haben. Aber bevor sich die Tür schloss, trat eine hochgewachsene Gestalt in einem schwarzen Wollmantel durch den Spalt.

Ich stand wie erstarrt in meiner Ecke, als er in den engen Raum trat, sein würziges Aftershave umspielte meine Nase. Er bemerkte mich kaum, war in irgendein Gespräch auf seinem Handy vertieft. Das Gespräch war auf Russisch, was ich nicht spreche, aber der Geschäftston seiner Stimme war unmissverständlich.

Ich starrte auf seine schwarzen Locken, die von unter seiner pelzbesetzten Mütze hervorlugten, als er herrisch in sein Smartphone polterte. Ich bekam flüchtig sein schmales, hartes Gesicht zu sehen, aber runde, schwarze Sonnenbrillengläser bedeckten seine Augen. Ich spürte eine seltsame, schmelzende Wärme, die sich über meinen ganzen Körper ausbreitete und meine Muskeln lockerte, aber mein Herz zum Schlagen brachte.

Ich wollte fragen, wer er war, aber ich wagte es nicht, sein Telefongespräch zu unterbrechen. Ich erfuhr erst später, dass dieser umwerfende Mann unser Vermieter und der Bewohner des Penthouses war. Inzwischen war ich schon ganz furchtbar verknallt in ihn.

Ich habe mich nie getraut, mit ihm zu sprechen, nicht einmal in dem ganzen Jahr, das ich hier wohne. Ich gebe mich Tagträumen hin, wenn ich spazieren gehe, wenn ich mich für ein Schläfchen hinlege oder nachts schlafen gehe. Aber abgesehen von einem neugierigen Blick hier und da, wenn ich ihm in der Lobby begegne, hat mich Sergei Ostrov noch nie bemerkt.

Eines Tages werde ich vielleicht den Mut zusammennehmen und mit ihm persönlich sprechen. Ich weiß nicht, was ich dann sagen werde, aber ich möchte es versuchen. In der Zwischenzeit muss ich mich aber mit sehr angenehmem Wunschdenken zufriedengeben.

Tagträume über Sergei erfüllen ihren Zweck: Ich lächle wieder ein wenig, bis ich meine Tasse Tee getrunken habe. Ich stehe auf, um mich dem Durcheinander auf meinem Computer zu stellen und nehme die Extratasse Kamillentee mit.

Ich stelle meine Augen ein wenig unscharf, während ich jede E-Mail der Reihe nach öffne, wobei ich die Fotos vermeide. Ich habe keine Ahnung, wo dieser Perverse, Morty, so viele Fotos von brutal misshandelten Frauen herbekommt, aber ich muss sie nicht öffnen und tue das auch nie. Ich leite sie alle an die Polizei weiter und lass sie möglichst schnell aus meinem Posteingang verschwinden.

Morty verbringt die ersten neun E-Mails damit, mich auf

eine Art zu beschimpfen und zu bedrohen, dass es wieder formelhaft wird.

Drohung, die Messer, Küchengerätschaften und sexuelle Gewalt enthalten.

Aufforderungen zu antworten.

Weinerliches Gerede, dass ich seine Gefühle verletze, indem ich nicht antworte.

Woraufhin mehr Drohungen folgen.

Ich halte den neun E-Mail-langen Wutausbrüchen wacker stand und leite sie ohne Kommentar an meine Kontaktperson am NYPD weiter. Aber dann öffne ich die letzte und die zwei Zeilen Text versetzen mich augenblicklich in Angst und Schrecken.

Die erste Zeile enthält meine Adresse zusammen mit dem Türcode zu meinem Haus. Die zweite besteht aus vier Wörtern:

Ich komme dich holen.

2

Sergei

Ich stehe in der Ecke eines unterirdischen Besprechungsraums, still und leise, wie eine Statue, in einem meiner besten, dunklen Seidenanzüge. Mein Cousin, Mikhail, der örtliche Boss der russischen Mafia, sitzt leger an einem Schreibtisch im vorderen Bereich des Raums. Er streicht sein weiß-blondes Haar von seiner hohen Stirn zurück, während er die Schuldner, die meine Männer und ich ihm gebracht haben, inspiziert. „Bring den ersten von ihnen nach vorne, Andrei."

Andrei, ein brutaler Kerl mit einem klotzigen Gesicht und russischen Gefängnis-Tattoos, tritt vor, um den ersten der ernst dreinblickenden Schuldner nach vorne zu führen. Es ist Freitagabend: Zeit, die wöchentlichen Rechnungen zu bezahlen. Jeder von ihnen schuldet uns mindestens zehntausend Dollar und heute Nacht werden sie sie entweder voll bezahlen oder uns mitteilen, wie sonst sie uns zu vergüten gedenken.

Es sind sieben an der Zahl, alle Nationalitäten, alle Altersgruppen, alle Männer, mit Ausnahme des minderjährig aussehenden Mädchens, das bei einem der älteren Männer steht. Meine Augen verweilen für einen Moment auf ihr; sie ist winzig, mit unschuldigen Augen und weichen, undefinierten Gesichtszügen. Der Mann bei ihr ist spindeldürr, unruhig und sehr nervös. Er ist verzweifelt.

Ich zucke zusammen und Mikhail und ich tauschen Blicke aus, bevor er sich umdreht, um mit dem winzigen Araber mit dem weißen Pillbox-Hut, den Andrei nach vorne geführt hatte, zu sprechen.

Ein paar unserer „Gäste" haben bereits die Plastikplanen bemerkt, die auf dem Boden ausgelegt wurden. Ein älterer Mann in einem Anzug in stumpfem Braun blickt immer wieder zu ihnen hinunter, während Tränen auf der Innenseite seiner Brille haften. Das Mädchen stapft auf eine kleine Falte auf einer der Planen und starrt sie mit einem neugierigen Ausdruck an.

Irgendwer hat sie in ein kurzes, rotes Samtkleid, das ihre dünnen Schultern zeigt, und Schuhe mit hohen Absätzen gekleidet. Das Outfit ist zu alt für sie, genauso wie auch der rote Lippenstift, den sie trägt. Das ist ein Kind und so wie sie sich verhält, denkt sie, dass das alles eine Art Spiel ist.

Eine meiner Augenbrauen zuckt nach oben. Das Dutzend unserer Männer, das an die Mauer gelehnt herumlungert, bemerkt meine Reaktion und dann deren Auslöser. Sie drehen sich einander zu und murmeln etwas auf Russisch, unbehaglich wegen der Anwesenheit des kleinen Mädchens an einem Ort, wo jemand ganz leicht erschossen werden konnte.

Selbst der schlimmste Mann in Russland hat seine Grenzen. Kinder gehören gewöhnlicherweise dazu. In unserem Gebiet lässt man Kinder in Ruhe, es sei denn man ist lebensmüde oder komplett bescheuert.

Ich bin mir noch nicht sicher, was von beidem unser Schuldner hier ist. Aber dass er ein nichtsahnendes kleines Mädchen in diese Lage zwingt, bringt mich auf Hundertachtzig. Ich bin kein Heiliger, aber Kinder und andere vollkommen Unschuldige dergleichen sind immer tabu, ohne

Ausnahme. Ein flüchtiger Blick zu Mikhail sagt mir, dass auch er verärgert ist. Im Moment aber haben wir beide einen Job zu erledigen.

Mikhail ruft jeden Mann der Reihe nach nach vorn, arbeitet die ersten drei ab, entlockt ihnen Entschuldigungen, Zahlungsversprechen und in einem Fall auch ein großes Bündel Scheine. Er wirft mir Letzteres zu und ich blättere es schnell durch: „Sogar fünfzehntausend."

Der Typ, der weinerliche alte Mann, wird umgehend mit einem riesigen Seufzer der Erleichterung laufen gelassen. Die Außentür des Lagerhauses, in dem wir uns befinden, öffnet sich kurz, während ein greller Lichtstrahl eindringt, dann schließt sie sich knarrend wieder hinter ihm.

Die anderen Erwachsenen scheinen erleichtert, da sie verstehen, dass mein Boss sein Wort hält, und wenn sie einfach voll bezahlen, war es das dann. Natürlich verkompliziert sich nach heute alles für diejenigen, die die Bezahlung hinauszögern. Und die Angebote, die sie heute Nacht unterbreiten, müssen verdammt gut sein.

Als seine Zeit kommt, packt der ältere Mann das Mädchen am Oberarm und zieht sie mit einem nervösen Lächeln auf seinen Lippen nach vorne. Mikhail lehnt sich vom Schreibtisch zurück und löst seine verschränkten Arme, während er den Mann anstarrt, der ein paar Fuß entfernt vor ihm stehenbleibt.

„Ich habe das Geld für Sie noch nicht", stammelt der Mann zu Mikhail, „aber ich habe Ihnen etwas mitgebracht, um das wiedergutzumachen."

Bevor wir irgendetwas sagen können, legt er seine Hände auf die Schultern des Mädchens und schubst sie vor sich. „Geh", befiehlt er ihr und sie schaut ihn verwirrt an. „Du musst mit diesen Männern gehen, jetzt!" beharrt er.

Mikhail und ich tauschen wieder Blicke aus. Ich bin vielleicht nicht gänzlich überrascht, aber das ruft nicht weniger

Übelkeit in mir hervor. Ich setze mich aus meiner Ecke in Bewegung und gehe zu ihnen hinüber.

Der Kopf des Mannes schießt herum und seine Augen weiten sich, als er mich kommen sieht. Ich ignoriere ihn und gehe vor dem Mädchen in die Hocke und blicke in ihre weichen, braunen Augen. „Hallo", sage ich auf Englisch.

„Hi", sagt sie, während sie ein bisschen schwankt und an einem Finger knabbert.

„Wie alt bist du?", frage ich in einem so freundlichen und ruhigen Ton wie nur möglich.

„Sie ist fünfzehn –" fällt der Mann ihr ins Wort. Mein Kopf schießt herum und ich fixiere ihn mit einem starren Blick. Wer mich kennt, weiß, dass dieser Blick Gefahr bedeutet. Wer mich nicht kennt, denkt normalerweise, dass dieser Blick Tod bedeutet. Wenn es um Abschaum wie diesen Kerl geht, dann ist diese Vermutung fast immer richtig. Ihm weicht alle Farbe vom Gesicht und er wird still. Er blickt zu den Ausgängen, als würde er seine Überlebenschancen einer Flucht abschätzen.

„Ich bin acht", meldet sich das Mädchen zu Wort und der Mann schaut sie entsetzt an. „Warum hat Onkel Willie gesagt, dass ich fünfzehn bin? Warum muss ich mit dir gehen? Kommt Mama noch?"

Gerade noch meinen Zorn zügelnd, denke ich an die Mutter des Mädchens und was für eine Hölle sie vermutlich gerade durchlebt, da ihr Kind verschwunden ist. „Ich werde dich zurück zu deiner Mama bringen, sobald diese Besprechung vorbei ist", verspreche ich. Noch einmal, ich bin kein Heiliger, aber ich halte immer meine Versprechen. Es wird mich nicht viel Mühe kosten, diese Situation richtigzustellen.

Leider gibt es ein weiteres Problem und ihm entweicht alle Farbe aus seinem Gesicht, als ich still werde. Die Kleine und ihr Penner von Onkel müssen getrennt behandelt werden.

Ich drehe den Kopf und zwinge den Mann zum Wegsehen,

der jetzt zwischen mir und dem Kind hin und her schaut und mit seinem Mund ein perfektes, stummes 'O' formt. „Du hast Mikhail ein achtjähriges Mädchen gebracht?"

„Sie ist alt genug", brachte Willie nach einem Augenblick stammelnd hervor. „Ich schwöre bei Gott, sie ist alt genug. Nur, bitte, nehmen Sie sie! Ich habe nichts anderes, womit ich meine Schulden bezahlen kann!"

„Also hast du deine Nichte entführt, du Hund?", schnauze ich, während ich mich behutsam vom Mädchen wegbewege und aufstehe.

Ich kann nicht aufhören, diesen verdorbenen, dürren, kleinen Mann mit seinen von Meth zerstörten Zähnen und seiner Art, alle paar Sekunden sein Gesicht zu reiben, zornig anzustarren. Er ist so grotesk, wie er hinter diesem Kind kauert und bettelt, wir sollen sie doch nehmen... Wofür? Was glaubt er eigentlich, was wir für Kreaturen sind?

Ich weiß es, auch wenn ich es hasse. Er denkt, dass wir so sind wie er. Keine Ehre, keine Gnade und keine Hemmungen welcher Art auch immer.

„Sagen Sie bitte nicht Hund zu Onkel Willie", sagt das Mädchen in ihrer klaren Stimme.

Ich schaue zu ihr hinab, meine Augenbrauen zucken wieder nach oben, dieses Mal aus Belustigung. „Entschuldige, wie war das?"

„Bitte sagen Sie nicht Hund zu Onkel Willie", fleht sie wieder. „Das ist gemein den Hunden gegenüber. Hunde sind lieb."

Ich muss lachen, höre aber dann, wie Willie sie flüsternd verflucht. Der Bastard hat wirklich nicht die geringste Ahnung, wie tief er in der Scheiße steckt. Umgehend bin ich wieder ganz der Geschäftsmann. „Natürlich. Lass mich mit deinem Onkel Schluss machen und ich bringe dich nach Hause."

Während ich spreche, wende ich mich Willie zu und trotz

meines freundlichen Tonfalls in meiner Antwort spiegelt sich all mein Zorn in meinen Augen wieder. Seine eigenen Augen blicken wild und verschreckt umher, als sich die Wahrheit ihren Weg durch das Meth, den Alkohol und die Dummheit bahnt. Er ist noch schlimmer im Arsch, als wenn er einfach mit leeren Taschen und einer Ausrede hier erschienen wäre.

Ich gebe einem unserer Männer – Nicolai, ein frischgebackener Vater, dessen Frau Erzieherin ist, – ein Zeichen. „Nicolai, ich habe Arbeit für dich", rufe ich ihm auf Russisch zu.

Sobald Nicolai mit Willies Nichte ein paar Räume weiter gegangen ist, um absichtlich laute Cartoons zu schauen, wende ich mich ihm mit meinem kältesten Gesichtsausdruck zu. „Du schläfst auf der Couch deiner Schwester, richtig?"

Willie blinzelt vor Schreck, weil ich meine Hausaufgaben gemacht habe. „Ja", stottert er nach einem Augenblick. „Wieso?"

„Also hast du deine großherzige Schwester reingelegt, um bei ihr zu wohnen. Dann als Gegenleistung für ihre Güte hast du ihre mehr als minder-jährige Tochter bedroht und entführt. Ja?" Mein Akzent wird stärker und mein Englisch schlechter, je zorniger ich werde, aber Willie versteht mich auch so.

Er schluckt. „Warten Sie, bitte, lassen Sie mich einfach ausreden—"

„Dich ausreden lassen, war genau das, was Mikhail vorhatte." Ich ziehe meine halbautomatische Glock aus dem Halfter unter meinem Lederblazer und halte sie seitlich von mir nach unten, während er anfängt zu zittern. „Er würde es immer noch, hättest du nicht seine Ehre beleidigt, indem du ihm unterstellt hast, er würde einem Kind irgendetwas antun."

Ich richte meine Pistole auf sein Gesicht und drücke ab, während er zu einem Schrei ansetzt. Die Schuldner, die immer noch darauf warten, mit Mikhail zu sprechen, zucken zusammen, als Willies Leichnam, abzüglich eines Auges, zu Boden fällt. Es gibt keine Austrittswunde. Ich fühle keine Reue. Ja, ich bin ein Mörder. Ich töte Abschaum wie Willie. Und das wird mir nie leidtun.

Ich blicke Boris an, noch einer meiner Untergebenen. „Hol die Reiniger her, damit die sich darum kümmern, bevor wir das Mädchen rausholen", befehle ich ihm, während ich zurück in meine Ecke gehe. Ich weiß, dass darüber die Gerüchteküche brodeln wird, was wiederum sicherstellen wird, dass es keiner mehr wagen wird, Mikhail je wieder mit entführten Kindern bezahlen zu wollen.

Es ist fast Mitternacht, bevor ich das kleine Mädchen, das übrigens Amy heißt, zu ihrem Sandsteinhaus in Brooklyn bringen kann und an die Tür klopfe. Sie ist trotz allem unbeschadet, mit einem Bauch voller Cheeseburger in Kindergröße und einem Erdbeermilchshake. Ihr Desinteresse an ihrem Onkel, in Anbetracht dessen, wie süß das kleine Mädchen ist, spricht Bände. Sie macht sich über sein Wohlergehen keine Sorgen, weil die Intuition ihr deutlich gesagt hat, dass er ein sehr böser Mann war. Kinder kennen sich in diesen Dingen besser aus als Erwachsene. Sie vertrauen ihren Instinkten.

Das war das letzte Mal, dass man Willie gesehen hat – oder je wieder sehen wird. Die Reiniger sind sehr gründlich. Jeder, den wir töten, verschwindet dank ihnen.

Hinter meinem schwarzen Lexus beobachte ich durch meine Ferngläser, wie sie den Knopf für die Gegensprechanlage drückt und für eine Weile spricht. Nicht einmal eine Minute vergeht, bis eine kleine, rundliche Frau mit Amys Haaren aus der Tür stürzt und sie schluchzend umarmt.

Die Frau stößt einen Seufzer aus, bevor sie sich umdreht und mit ihrem Kind hineingeht. In meinem Kopf kann ich mir ihren Teil der Geschichte zusammenreimen oder zumindest eine wohl begründete Vermutung an-stellen. Mama, zugedröhnt von Erkältungsmedizin, vertraute ihrem Bruder zumindest soweit, dass er auf ihr Kind aufpasst. Was auch immer Amy ihr erzählt, es wird am Ende keine Rolle spielen; Willie ist weg und das Kind ist in Sicherheit. Hoffentlich wird ihre Mutter nie wieder so vertrauensvoll sein.

Willie starb zu schnell und mit zu wenig Schmerzen. Vielleicht ist es das Beste, dass die arme Frau den größten Teil verschlafen hat. Wenn die Polizei bei meinem Auftauchen bereits dagewesen wäre, wäre es um einiges schwieriger gewesen, Amy zurückzubringen.

Mir reicht's für heute. Ich steige wieder in meinen Lexus ein und fahre zu meiner Lieblingsbar in Central Park West, die gerade einmal ein paar Gehminuten von meinem Penthouse entfernt ist. Ich möchte jetzt einen ordentlichen Drink und eine Frau für die Nacht. Ich werde mich mit dem Drink begnügen.

3
———

Catherine
Seit Stunden versuche ich einzuschlafen, seitdem ich mich in die Erschöpfung geweint habe, aber ich kann nicht. *Morty weiß, wo ich wohne.*

Ich weiß nicht, wie er mich gefunden hat. Er scheint nicht so viel Ahnung von Computern zu haben und ich weiß, dass ich online nirgends meine Daten hinterlassen habe. Ich bin zu vorsichtig.

Aber er hat meine Adresse und jetzt muss ich etwas dagegen unternehmen. Ansonsten wird sich mein Zuhause nie wieder sicher anfühlen. Das einzige Problem ist, dass ich niemanden habe, dem ich soweit vertraue, mir zu helfen.

Die Polizei zählt da ganz bestimmt nicht dazu. Die haben keinen Verdächtigen, den sie festnehmen können, niemanden, gegen den sie eine einstweilige Verfügung erwirken können und sie werden auch keinen Beamten erübrigen, das Gebäude zu beobachten. Ich legte auf, nachdem sie mich darauf hinwiesen, dass ich bei meiner Einkommensgruppe sowieso einen Personenschützer haben sollte.

Sie hatten nicht ganz Unrecht, aber ein Personenschützer

würde bedeuten, dass ich einen Fremden rund um die Uhr in mein Leben lasse. Dank meiner Probleme erschreckt mich der Gedanke, meine kostbare Wohnung mit einem völlig Fremden zu teilen.

Aber dann denke ich über das Wohnhaus nach, in dem ich wohne. Morty muss hineingelangen, um an mich heranzukommen. Wenn ich diejenigen, die eigentlich die Stadt schützen sollen, nicht dazu bringe, mir zu helfen, vielleicht kriege ich den Hauseigentümer dazu, etwas zu unternehmen.

Sergei. Bei dem bloßen Gedanken setze ich mich im Bett auf, umklammere die Decke vor meiner Brust. Ich habe also endlich vor, mit ihm zu sprechen, wobei sprechen da wohl etwas untertrieben ist: Ich flehe um seine Gnade und seine Hilfe.

Er ist vermögender, als ich es je war. Er braucht mein Geld nicht. Aber ich sollte etwas haben, was er will.

Ich habe noch den Matisse und den Picasso meines Vaters und den Hochzeitsschmuck meiner Mutter, aber ich weiß nicht, ob das für ihn überhaupt ein verlockendes Angebot ist. Es gibt noch etwas anderes, das ich habe und ihm geben würde, aber ich fühle mich nicht allzu wohl dabei, es bei einer Art Geschäft herzugeben. Ich bin nämlich noch Jungfrau.

In der heutigen Zeit ist das jetzt nicht gänzlich unbekannt. Dadurch, dass das Internet Anonymität und die Fähigkeit bietet, sich mit Leuten überall auf der Welt zu verbinden, ist das tatsächlich ziemlich einfach geworden. Viele junge Frauen verkaufen ihre Jungfräulichkeit.

Aber bin ich denn käuflich? Ich weiß, ich bin verzweifelt, aber traue ich mich wirklich, das zu tun? Würde ich es überhaupt in Betracht ziehen, wenn ich nicht schon so verknallt wäre? Die Antwort auf diese letzte Frage ist zumindest ein klares Nein. Ich bin keine Märtyrerin.

Ich stehe auf und ziehe mir einen auftragenden, kuscheligen Pullover und eine Jeans an.

Es ist vermutlich sehr dumm von mir, mitten in der Nacht umherzuirren, jetzt wo mein Stalker in der Stadt ist und meine Adresse kennt. Aber ich kann nicht bleiben: Der Plan, den ich in Betracht ziehe, ist zu verrückt und ich muss mich jetzt bewegen.

Zwei Blocks vom Wohnhaus entfernt ist eine Bar. Ich trinke eigentlich nicht; durch die Sedativa vertrage ich keinen Alkohol, deshalb wird es für mich gefährlich, wenn ich zu viel trinke. Aber da gibt es eine Sache bezüglich der dunklen, kleinen Bar mit all den Vergoldungen und Spiegeln, die mich viel mehr dorthin zieht als der Fusel: Sergei geht oft dorthin.

Als ich von meinen abendlichen Therapiesitzungen nach Hause gegangen bin, habe ich ihn entdeckt, wie er oft an der Bar steht oder an einem Tisch in der Ecke sitzt. Ich halte immer nach ihm Ausschau, wann immer ich am großen, vergoldeten Fenster der Bar vorbeigehe. Wenn ich ihn sehe, bleibe ich immer stehen und nehme seinen Anblick begierig in mich auf, so lange wie ich mich halt traue.

Ich wollte eigentlich immer hineingehen und etwas trinken. Vielleicht an dem Tisch in der Ecke sitzen und mir vorstellen, wie es wäre, dort mit ihm zu sitzen, zu trinken und zu reden... Wie ein Pärchen bei einem Date.

Ich packe mich warm ein, bedecke mein Haar und ziehe mir einen dunkel-grauen Wollmantel an, der mir ein männliches Aussehen verleiht. Ich möchte nicht, dass irgendwer weiß, wer ich bin oder selbst, dass ich eine Frau bin.

Mein Herz schlägt schneller, während ich mir meinen Weg zur Vordertür bahne. Es nieselt, weshalb der Gehweg verlassener ist als sonst. New York ist die Stadt, die niemals schläft, was aber nicht bedeutet, dass die Leute hier gerne nass werden.

Ich gehe die zwei Blocks, wobei ich mich oft umschaue, um mich vor irgendwelchen Verfolgern in Acht zu nehmen. Niemand verfolgt mich oder falls doch, dann sind sie doch besser im Stalken als ich im Ausmachen der-gleichen. Ich zwinge mich, darauf zu vertrauen, dass Letzteres nicht den Tatsachen entspricht, als ich die Fassade der Bar vor mir sehe.

Auf dem Gehweg vor der Tür ist ein Grüppchen betrunkener Männer. Ich werde an ihnen vorbei müssen, um hineinzugehen. Als ich mich nähere, dreht einer von ihnen seinen Kopf und fixiert mich mit seinem Blick und mir dreht sich der Magen um.

Er ist auf brutale Weise hässlich, sein Haar fettig und sein Gesicht wie eine Faust, außer da, wo es sein Grinsen spaltet. Seine winzigen Augen sind lediglich Schimmer in den tiefen Höhlen unter seinen Brauen und er stolpert vor, packt mich, als ich in Reichweite bin.

Ich gehe sofort einen Schritt zur Seite und flüchte in die Bar. Ich höre hinter mir Verwünschungen, als die anderen Männer ihn auslachen. *Bitte, lass es das gewesen sein.*

Ich sehe mich um, kann Sergei aber nirgends finden. Mir wird bange ums Herz und ich gehe schnell an einen freien Platz an der Bar, wissend, dass es für diesen Widerling schwerer wird, etwas zu tun, wenn viele Leute ihn dabei sehen können.

Ich schaffe keine drei Schritte, als eine fleischige Hand meinen Oberarm umklammert. „Ich red mit dir, Schlampe!"

Oh Gott. Ich kann vor Entsetzen nicht mehr klar denken; ich erstarre wie eine Schaufensterpuppe, während er mich nach hinten zerrt. *Nein, fass mich nicht an, lass mich in Ruhe, so hilf mir doch —!*

Keiner scheint zu bemerken, wie er mich vor Entsetzen stumm und starr in Richtung Tür zieht. Ich möchte um Hilfe rufen, aber meine Stimme bleibt mir in der Kehle stecken. Ich versuche, den Blick des Barmanns zu erhaschen, aber er starrt direkt an mir vorbei, während er die Gläser poliert.

Ich kann nicht klar denken, aus den Tiefen meines Schädels brodelt ein Flashback in mir auf und füllt meine Wahrnehmung mit herumfliegendem Bauschutt und Feuer. Er schafft mich irgendwo hin und vergewaltigt mich. Niemand wird mir helfen—

„Bleib sofort stehen."

Die tiefe Stimme mit dem Akzent ist so vertraut und unerwartet, dass ich mich für einen Moment frage, ob ich träume.

Der Mann bleibt stehen und schnaubt, dreht sich herum, während er mich mit sich zieht. Als er Sergei erblickt, der hinter ihm an der Tür steht, wird er sehr, sehr still.

Ich sehe auf und das Feuer schwindet aus meinem Gehirn, als wäre es von einem Stoß eisiger Luft ausgeblasen worden. Sergei steht da in seinem dunkelblauen Wollmantel, das Haar offen auf seinen Schultern und nimmt mit einer Hand seinen pelzbesetzten Hut ab. Die andere hängt locker an seiner Seite und umschließt einen dunklen, kurzläufigen Revolver.

„Lass die junge Dame gehen", poltert Sergei, wobei er sehr ruhig bleibt, aber ungerührt in die Augen des älteren, fetteren Mannes starrt.

Der Mann blickt zu mir herüber, während sich sein Griff bereits ein wenig lockert, und dreht seinen Kopf dann wieder, um Sergei aufzunehmen. Er leckt sich mit einer dicken, leicht violetten Zunge die Lippen, dann lässt er mich los.

„Du solltest sie an die kürzere Leine nehmen, wenn sie dir gehört. Dumme kleine Schlampe." Er stößt mich zu Sergei hinüber und eine eiserne Hand schießt heraus, um mich zu aufzufangen, während ein Hauch des würzigen Aftershaves in meine Nase steigt.

„Sie gehört mir nicht – aber dafür die Bar. Du hast Hausverbot, *Cacat*. Verschwinde und komm ja nicht wieder." Er deutet gebieterisch auf den Revolver, wobei er ihn kaum von seiner Seite hebt.

Die Kinnlade des Mannes fällt herunter. Er blickt auf den Revolver, schleicht sich dann hinaus, wobei er Sergei aus dem Weg geht. Ich stehe immer noch erstarrt da, direkt vor dem

Mann meiner Träume, seine Hand immer noch auf meiner Schulter ruhend.

Mein Herz schlägt immer noch schnell, aber die Tatsache, dass er mich gerettet hat, kommt jetzt erst bei mir an.

Er steckt seine Pistole so lässig ein, wie ein Mann, der sein Handy einsteckt, und Besorgnis macht sich auf seinen ernsten Gesichtszügen breit. „Geht es Ihnen gut?", fragt er.

Mein Mund öffnet sich, aber meine Kehle ist immer noch zu. Ich kann nicht sprechen – noch nicht – und zu meiner großen Überraschung zieht er ein langes Gesicht, als er es anscheinend augenblicklich erkennt. „Nein, offensichtlich geht es Ihnen nicht gut."

Er ruft dem unschuldig dreinblickenden Barmann etwas auf Russisch zu, der daraufhin nickt und nach hinten rumpelt. Sergei führt mich zum Eck-tisch hinüber und drückt mich auf einen Stuhl. Einige Augenblicke später kommt der Barmann und stellt eine Kanne Tee und zwei Tassen vor mich auf einen Untersetzer.

Sergei macht es sich im anderen Stuhl bequem, um mich dabei zu beobachten, wie ich mich bewege und umsehe. „Sind Sie wieder da?", fragt er nach ungefähr einer Minute mit tiefer, ruhiger Stimme.

Irgendetwas rastet in mir ein und ich nicke. „Ja... Danke." Meine Stimme ist schwach, aber die Wörter kommen schließlich heraus.

„Sie wohnen in meinem Haus." Es ist keine Frage. Er lehnt sich zu mir vor, wobei er seine Stirn leicht runzelt. Dann nickt er einmal. „Catherine White, die Erbin."

Er erwähnt nicht die Geschichte hinter meiner Erbschaft, obwohl jeder, der die Verbindung zwischen diesem Namen und meinem Gesicht herstellt, die Geschichte kennt. Der Tod meiner Eltern gemeinsam mit dem von vier-hundertunddreiundfünfzig weiteren Menschen war in den internationalen Nachrichten. Ich bin echt froh, dass Sergei das nicht erwähnt.

„Ja. Ich... Ich hab Sie gesehen, bin aber nicht wirklich gut darin, Gespräche anzufangen." Meine Wangen glühen und ich sehe, wie er leicht zu lächeln beginnt.

„Ich bin Sergei Ostrov, Ihr Vermieter." Er neigt seinen Kopf, wobei in seinen harten, grünen Augen Neugier durchschimmert. „Was machen Sie so spät noch hier draußen? Das machen Sie normalerweise nicht."

Ich blinzle ihn an, die Wörter bleiben mir wieder im Hals stecken. Er hat mein Kommen und Gehen bemerkt? Er wusste tatsächlich all die Zeit, dass es mich gibt?

Er schmunzelt wegen meiner Verblüffung. „Ich achte darauf, die Dinge, die mit meinem Eigentum zu tun haben, im Auge zu behalten. Ich kann es nicht ausstehen, wenn Außenseiter den Frieden meiner Mieter stören."

Der Gedanke, dass er jede Nacht über sein Königreich wacht, gibt mir ein Gefühl von Sicherheit. „Sie... wachen über die Nachbarschaft?"

„Nicht alleine. Ich habe ein Sicherheitsteam, das mir dabei hilft, die 10 Blocks, die mir gehören, zu überwachen." Zehn Blocks in Central Park West. Schon allein deshalb muss er ein Milliardär sein.

Woher hatte er das Geld, auf dem lukrativsten Immobilienmarkt der östlichen Küste Fuß zu fassen? *Noch ein Mysterium.* Er fasziniert mich jede Minute mehr.

Er gießt den Tee ein: irgendeine Mischung aus Kräutern, die sehr stark aufgegossen wurden. Ich kann auch ein bisschen Kamille riechen. Er schiebt eine Tasse rüber zu mir und ich nehme sie und wärme daran meine vor Angst kalten Hände. Meine Augen huschen zu seinen eigenen Händen, die so groß und, da sie noch vor ein paar Minuten auf meinen Schultern verweilten, so warm sind.

Er gießt sich selbst eine Tasse ein. „Irgendetwas beunruhigt Sie, vermute ich, sonst hätten Sie wohl nicht Ihr sicheres Zuhause verlassen. Hab ich Recht?"

Mit meiner zitternden Tasse halb an meinen Lippen halte ich inne und stelle sie dann ab. Er beobachtet mich und wartet, wobei er mich weder drängt noch das Thema wechselt. Endlich war ich in der Lage zu nicken.

Der Kampf gegen meine Flashbacks hat mich erschöpft und ich bin immer noch nicht wirklich sicher, wie ich es angehen soll. Aber ich habe keine andere Wahl... und wenn er wirklich an der Sicherheit seiner Mieter interessiert ist, sollte er von deren Bedrohung erfahren.

„Ich brauche Ihre Hilfe, Mr. Ostrov."

4

Sergei

„Kommen Sie rein", sage ich zu Catherine und führe sie durch den Eingang meines Penthouses. Ich höre, wie sie scharf den Atem einsaugt, während sie all das geschnitzte Holz und die deckenhohen Bücherregale auf sich wirken lässt. Dann geht sie an mir vorbei durch die Tür und umklammert ihre lederne Büchertasche vor ihrer Brust. Sie ist unglaublich verletzlich und dennoch nicht auf eine Art, die sie schwach erscheinen lässt. Obwohl sie Angst hat, ist sie wegen etwas direkt zu mir gekommen. Männer verweigern häufig, so etwas zu tun. Ich weiß ihren Mut augenblicklich zu schätzen.

„Danke, dass Sie mich anhören", murmelt sie, nicht ganz unterwürfig, aber schon schüchtern sowie auch ein bisschen ehrerbietig. Ich komme nicht umhin, mich zu fragen, was sie so ängstlich gemacht hat.

„Sie meinten, es ist eine Sicherheitsangelegenheit. Wenn es auf meinem Eigentum passiert, dann geht es mich etwas an." Ich führe sie durch das riesige Wohnzimmer und in mein Büro, das eine Ecke des Stockwerks einnimmt.

Drei Wände des Büros sind mit moderner Computerausstattung bedeckt, einschließlich einer ganzen Wand voller Monitore. Jeder einzelne zeigt eine andere Kameraaufnahme: die Lobby und Flure des Wohnhauses, seiner Seitengassen, zwei Ansichten seines Eingangs und eine seines Hinter-ausgangs. Die Straße jenseits des Hauses wird von anderen Gebäuden aufgezeichnet und es gibt sogar eine Aufnahme von der Bar. Ich kann alles von meinem Schreibtisch aus sehen.

Ich setze mich dort hin und deute auf einen ledernen Bürostuhl gegenüber von meinem. Sie setzt sich hin und schaut zu mir hoch und ich weiß, dass mit diesem Mädchen weitaus mehr los ist als zufällige Begegnungen mit besoffenen Idioten.

„Ich habe einen Stalker", beginnt sie. „Er bedroht mich jetzt seit sechs Monaten. Heute Morgen hat – hat er mir meine Adresse geschickt und den Türcode unseres Gebäudes und geschrieben, dass er mich holen wird."

„Hmmm." Ich weiß nicht, was ich erwartet habe, aber das war es nicht. Wie kann ein Mädchen, das so zurückgezogen lebt wie sie, einen Stalker haben? Dieser Gedanke beunruhigt mich unerklärlicherweise. „Ich werde diesen Code umgehend ändern lassen. Hätten Sie etwas dagegen, mir diesen Schriftverkehr zu zeigen?"

Sie hat tatsächlich einen ganzen Ordner mit Kopien in ihrer Tasche, als würde sie sich mit einem Anwalt oder Bürgermeister treffen. Der Hauch Förmlichkeit und ihr Respekt entwaffnen mich genauso wie auch ihr hübsches Gesicht und ihre scheue Liebenswürdigkeit. Ich sitze am Schreibtisch blättere durch die E-Mails und die Textnachrichten und natürlich auch durch die unglaublich schäbigen Pornos und widerwärtigen Fotos. Dank meiner Arbeit bin ich gegenüber den meisten Dingen vollkommen unempfindlich. Aber bei dem Gedanken, dass eines dieser Fotos Catherines süßes Gesicht abbildet... da zieht sich mir der Magen zusammen und ich unter-drücke ein Aufflackern von Zorn.

„Warum reden Stalker immer so verdammt viel?", murre ich und ich höre ein leises, nervöses Lachen. „Aber was mich mehr verwirrt, ist, warum er Sie überhaupt im Visier hat. So viel ich sehen kann, hatten Sie keinerlei Konflikt mit ihm."

„Nein. Ich... ich dachte er würde mich mögen." Ich kann ihre Verwirrung heraushören. „Hab ich vielleicht irgendetwas anderes falsch gemacht?"

Ich spöttle. „Sie sind eine der harmlosesten Frauen, die mir je begegnet ist." Und das heißt schon etwas. Ich bin sehr schnell verärgert. Aber auf gefährliche Art. „Ich bezweifle, dass Sie sogar mit jemandem online gestritten haben."

„Nein, ich plädiere auf Vernunft und wenn jemand beleidigend ist, dann blocke ich ihn einfach. Aber er bleibt hartnäckig, fast so, als führe er einen persönlichen Rachefeldzug." Sie schaut mich flehend an, ihre großen, sanften, goldbraunen Augen treffen mich wie eine Liebkosung.

Ich weiß genau, wenn eine Frau mich begehrt und diese Kleine wirft mir schmachtende Blicke zu, wann immer wir uns in dem Jahr begegnet sind. Ich habe nie mit ihr geflirtet, aber nur, weil sie so labil scheint und wenn sie zu tief in mein Leben eintauchen würde, zerbricht sie vielleicht daran. Ich habe viele Männer gebrochen. Bei Frauen bin ich vorsichtiger. Und diese Frau im Besonderen – ich möchte nicht, dass sie überhaupt irgendwie leidet, geschweige denn durch mein eigenes Tun.

Ich blicke wieder auf die Kopien und lege sie dann wieder zurück in den Ordner. „Dieser Mann wäre ein Trottel, wenn er mein Eigentum betreten würde, um Gewalt auszuüben. Das werde ich nicht zulassen." Ich beobachte ihr Gesicht, während ich diese Aussage treffe, und sehe, wie sie mit einer Art Bewunderung in ihrem Blick ein wenig dahinschmilzt.

Jetzt fühlt sich ihr Blick wieder wie eine Liebkosung an – komplett an meinem Schwanz. In diesem Augenblick lösen sich alle meine guten Absichten in Luft auf. Wie ich bereits sagte, ich bin kein Heiliger. Ich beschließe kurzerhand, sie zu verführen. Ich kann ihr nichts außer eine tolle Zeit und meinen umfassenden Schutz versprechen, aber ich weiß, dass ich sicherstellen kann, dass sie es genießt.

Später. *Zuerst das Geschäftliche.* „Ich kann eine Menge gegen ihn unternehmen, abhängig davon, was Sie wollen, was passiert. Sagen Sie mir, welche Art von Reaktion Sie wünschen, und ich werde dafür sorgen – das hat selbstverständlich einen Preis."

„Ich bin mir nicht sicher, was es alles braucht, damit er aufhört, aber es ist mir egal, was es ist, solange es bedeutet, dass ich vor ihm keine Angst mehr haben muss." Sie befeuchtet ihre blassen, rosigen Lippen und ich spüre einen Stich in der Brust. „Was den Preis anbelangt... Ich werde tun, was erforderlich ist. Ich will einfach, dass er verschwindet."

Das kann ich nachvollziehen. „Sie verstehen hoffentlich, dass das bedeuten kann, dass Gewalt angewendet werden muss." Ich bin gezwungen, nicht mit der Tür ins Haus zu fallen. Ich weiß noch nicht, ob das Mädchen etwas für sich behalten kann, obwohl ich vermute, dass sie es kann und auch wird.

„Ich weiß, dass man gewöhnlicherweise Stalkern nicht ausreden kann, etwas tun oder bleiben zu lassen." Sie rutscht nervös umher, zwingt sich aber dann, ihren herumwandernden Blick wieder auf mich zu richten. „Sie wissen sicher besser als ich, wie man diese Dinge regelt."

Ich nicke und lehne mich auf meinem Stuhl zurück, gehe noch einmal ein letztes Mal durch die Seiten, bevor ich sie weglege. „Wer auch immer diese Person ist, sie ist besessen, aber die Besessenheit zeugt nicht von sexueller Natur."

Das überrascht sie – und ich erkenne einen Ausdruck verständlicher Erleichterung. Es gibt Schlimmeres, das ein Mann seinem Opfer antun kann, als es zu töten. „Oh. Aber... was dann?"

„Die Verdorbenheit der Nachrichten ist einfach ein weiterer

psychologischer Angriff. Dieser Mann begehrt Sie nicht. Er begehrt es, Ihnen Angst zu machen."

Sie stößt einen zitternden Atemzug aus und ich mache mir eine mentale Notiz, ihren Stalker dafür leiden zu lassen, dass er ihr diese Angst einflößt. „Es funktioniert."

„Dann brauchen Sie stärkeren Schutz." Ich bin mir nicht sicher, was genau ich ihr da anbiete, aber ich weiß, dass mich schon viel zu lange nicht mehr eine gute Frau so angesehen hat, wie sie es tut. Ich lechze nach ihrer Bewunderung noch mehr als nach ihrem schlanken Körper. „Aber ich muss fragen, wie Sie gedenken, mich für meine Mühe zu entschädigen."

„Was möchten Sie denn?", fragt sie sehr sanft, als sie mich anschaut. „Ich habe einen Matisee—"

„Ich brauche kein Geld, keine Wertgegenstände." Der Gedanke nimmt weiter Form an: etwas Unverfrorenes, aber Verlockendes – hoffentlich für uns beide. Aber ich halte mich zurück, es vorzuschlagen, während ich darauf warte, was sie sonst noch anbietet.

„Ich... habe nur noch eine Sache, die Sie interessieren könnte", gibt sie zu. Mehr Zögern. Mehr schüchterne Blicke. „Ich habe etwas, was viele Männer als sehr wertvoll erachten."

Sie errötet wieder und ich warte, wobei sich eine Augenbraue leicht nach oben zieht. „Was ist es?", Ich spreche in sanftem Ton.

Es scheint sie all ihren Mut zu kosten, mir in die Augen zu schauen. „Ich bin noch Jungfrau."

Während dieses Eingeständnis mich überhaupt nicht überrascht, tut es doch die plötzliche unbändige Lust. Ich habe den Kauf und Verkauf von Jungfräulichkeit online auf verschiedenen Webseiten im Dark Web beobachtet. Dass junge Frauen sich selbst verkaufen müssen, um zu überleben – es widert mich genauso an wie jedes abscheuliche Verbrechen, das ich in den Jahren meiner Arbeit gesehen habe. Und dennoch ist hier die kleine, süße, liebenswerte Catherine, die mir als Gegenleistung für ihren Schutz ihre Jungfräulichkeit anbietet. Für eine kurze Sekunde lasse ich diese Vorstellung auf mich wirken und erinnere mich daran, dass ich trotz meines Versuchs, viele gewöhnliche Laster der Straße zu meiden, dennoch genauso wie jeder andere Kriminelle bin. Glücklicherweise meldet sich meine eiserne Selbstkontrolle genauso schnell wie meine anfängliche Begierde.

Ich fange ihren Blick auf und halte ihn fest. „Catherine, so wundervoll dieses Angebot auch ist, ich kann von Ihnen Sex als Bezahlung nicht an-nehmen."

Sie sieht – schockiert – und gedemütigt aus. Ihre Augen werden glänzend und sie kann mich nicht mehr ansehen. „Habe ich Sie angewidert?"

„Nein, nein." Meine Stimme bleibt warm. Ich überlege immer noch, was ich von ihr möchte. Sie wird nicht gehen, so lange mein Verlangen ungestillt ist. Aber manche Dinge zählen für mich nie als Währung. „Es ist einfach so, dass ich keine Frau in mein Bett nehme, die nicht aus freien Stücken da sein möchte."

Sie öffnet ihren Mund und für einen Augenblick frage ich mich, ob sie endlich zugeben wird, dass sie verknallt ist. „Ich...", bringt sie heraus, erblasst aber dann und kann nicht weitersprechen, „ich verstehe, aber ich habe sonst nichts."

„Machen Sie sich keinen Kopf. Ich freue mich, dass Sie mir so ein Geschenk anvertrauen würden." Ich warte einen Moment, mache dann mein Gegenangebot. „Ich schlage einen Handel vor. Sie arbeiten für mich ab morgen eine Woche lang und ich sorge dafür, dass ihr Stalker-Problem für immer verschwindet."

Sie starrt mich verblüfft an. „Was für eine Arbeit ... werde ich machen?" In ihrer Stimme schwingt wieder eine Schimmer Hoffnung mit ... und auch ungezügelte Neugier.

Die Idee kommt mir ohne Weiteres, so wie alle meine besten

Pläne. „Sie werden mir dienen", schnurre ich, während ich ihren Blick festhalte.

Ihre Augen weiten sich. „Inwiefern?"

„Sie werden mit mir leben und mir jede Stunde jeden Tag zur Verfügung stehen, außer Ihren Zeiten, wenn Sie eine Pause brauchen. Kurzum, außer-halb bestimmter Grenzen, die Sie festlegen, werden Sie tun, wozu auch immer sie gebeten werden. Sie tragen was ich will, verhalten sich, wie ich es will und lesen und lernen, was ich will."

„Aber nichts Sexuelles." Schwingt da ein Funken Enttäuschung mit? Ja, dessen bin ich mir fast sicher.

Ich lächle und streiche meine Fingerspitzen über ihren Handrücken, bevor ich sie wieder zurückziehe. „Ich werde Sie auf diese Art nicht berühren, bis sie es so sehr möchten, dass sie mich darum rundheraus bitten." Ich zwinkere sie an. „Keine Ausnahmen."

Das macht sie etwas lockerer; Nachweise von Grundsätzen helfen immer, eine Dame zu beruhigen. Der bewundernde Ausdruck ist wieder in ihren Augen und ausnahmsweise einmal fühle ich mich, als hätte ich endlich einmal eine gute Sache getan, wenn auch viele für mich dabei rumkommen.

Sie erwägt mein Angebot. „Eine Woche."

„Ja. Zu den vorher verhandelten Bedingungen." Mein Lächeln ist träge und zugleich sinnlich. „Sagen wir morgen beim Frühstück?"

Sie braucht einige Momente länger, um sich zu entscheiden. Als sie es tut, wirft sie mir einen kurzen Blick durch ihre Wimpern zu, bevor sie sich wappnet und mir in die Augen schaut. „Abgemacht."

5

Catherine

Während ich schlafe, lässt Sergei zwei große Männer in farblosen, dunklen Anzügen von draußen meine Tür bewachen. Er warnt mich, mich nicht mit Mortys Nachrichten zu beschäftigen und ich versuche, es mir zu Herzen zu nehmen. Ich werfe einen Blick auf mein Handy und sehe drei Nachrichten mit unbekanntem Absender und noch zehn E-Mails von einem frischen Wegwerf-Konto.

Ich kann es schaffen, sie nicht zu lesen. Die furchtbare Mischung aus Angst und Faszination, die mich an Mortys Nachrichten gefesselt hat, ist verschwunden. Sergei wird mich jetzt beschützen ...und sein Angebot erfordert all meine Aufmerksamkeit.

Ich weiß, was Dominanz und Unterwerfung sind. Ich habe einiges darüber online gelesen. Manche Menschen bauen ihre gesamte Beziehung um die Dynamik auf, während es sich andere für das Schlafzimmer aufheben. Sergei scheint Letzterer zu sein.

Die ganze Vorstellung hält mich für eine Weile wach, während meine Gedanken rasen und mir etwas flau im Magen wird. Wie ist es, ihm die Kontrolle zu überlassen? Er versprach, mir die Grenzen, die ich brauche, zu er-möglichen, damit ich mich wohlfühle.

Man nehme die Angst vor Missbrauch aus der Gleichung und es ist ...tat-sächlich verlockend. Irgendwie weiß ich, dass Sergei mich nie verletzen wird. Das wurde durch seine Weigerung bekräftigt, meine Jungfräulichkeit als Gegenleistung für meinen Schutz zu akzeptieren, etwas, was mich so-wohl frustrierte als auch erleichterte. Größtenteils bin ich aber dankbar. Er möchte Enthusiasmus von mir und nicht Verzweiflung.

Er fesselt mich noch mehr, nur deshalb, weil er mir zeigt, dass er mich auch will und dass es ihm wichtig ist, was ich möchte, obwohl er das gar nicht muss. Ich habe bei ihm mit Gewalt und Anweisungen gerechnet. Womit ich nicht gerechnet habe, ist Rücksichtnahme, Beschützerinstinkt oder Ehre.

Ich schwöre, ich bin so verknallt in ihn, dass es mich noch umbringt.

Mein Handy klingelt sachte: eine Nachricht. Ich schaue ganz ungeduldig nach und frage mich, ob es Sergei ist. Nichts dergleichen; es ist wieder diese unbekannte Nummer. Ich lasse Morty wieder zu meiner Voicemail, wobei ich jetzt eher gereizt und angewidert als ängstlich bin.

Sergei hat Recht. Morty will mich nicht; er will mich nur terrorisieren. Aber jetzt ist er derjenige, der den Terror zu spüren bekommt. Ich habe keine Zweifel, dass Sergei furchterregend sein kann, wenn er will.

Ich würde Morty gerne vor Angst und Schrecken weinen sehen. Das ist nicht sehr nett von mir. Aber nach all den Nächten, in denen ich Angst vor ihm hatte und meine normalen Symptome aufgrund des Stresses zehnmal schlimmer waren, möchte ich, dass Morty auch in Angst und Schmerzen versetzt wird.

Ich schätze, ich habe mit all den Verrücktheiten meine Grenze erreicht. *Es beeinträchtigt jetzt schon meine Moral. Ich will einfach, dass es vorbei ist, bevor es mich zu sehr verändert.*

Mein Handy klingelt für den Rest der Nacht ungefähr alle zehn Minuten. Nach dem dritten Mal schaue ich nicht einmal mehr auf mein Handy. Ich gebe Sergeis Nachrichten und Anrufen eigene Klingeltöne, mache den Klingelton für Morty leise und leg mein Handy in die offene Schublade meines Nachttisches, um das Klingeln ein wenig zu dämpfen.

Ich denke darüber nach, wie Morty die ganze Nacht lang anruft und Nach-richten schreibt und dabei allmählich durchdreht. Ich denke darüber nach, wie er hierherkommt und versucht, die Wohnung zu stürmen, nur um von zwei bewaffneten Männern, die meine Tür wie einen Banktresor überwachen, erschossen zu werden. Jetzt, da Sergei mir die Angst nimmt, lächle ich bei dem Gedanken und schlafe tief und fest. Es ist das erste Mal seit Monaten, dass ich einmal länger als drei Stunden am Stück geschlafen habe, ohne von Panik und daraufhin ein paar Stunden unruhigem Schlaf unterbrochen zu werden.

Morty hat noch acht Nachrichten hinterlassen, bevor meine Mailbox voll war. Zweihundert weitere Nachrichten warten auf mich. Auf Sergeis Anweisung hin sehe ich sie mir nicht an und merke, dass es mir dadurch schon besser geht.

Ich bin im Hinterland im museumsähnlichen alten Haus meiner Tante auf-gewachsen, weshalb ich es auch gewöhnt bin, bei Morgengrauen aufzusein. Ich stehe auf und dusche, mein Kopf aufgrund der späten Stunden der letzten Nacht wie in Watte gepackt. Es macht mir nichts aus. Ich fühle mich endlich ... sicher.

Wenn ich mich Sergei hingebe, wovon ich immer geträumt habe, werde ich vor jedem sicher sein. Es entsetzt mich, dass ich mich so wohl dabei fühle, mich in die Hände eines fast Fremden zu begeben. Das muss deshalb sein, weil ich verknallt bin; das benebelt meine Gedanken.

Das Glücksgefühl schwindet ein wenig, während ich mich abdusche und so langsam wach werde. Ich erinnere mich an das wohlige Gefühl, nur einen Bruchteil so stark wie das, als ich dachte, Morty würde mich mögen. Sie waren stark genug, um mich zu täuschen, ihm zu sehr zu vertrauen.

Sie waren auch schwach und unbedeutend im Vergleich zu denen, die ich für den Mann empfinde, der nun die Zügel über mein Leben in der Hand hat. Das ist New York City. Raubtiere sind überall und ich weiß immer noch nichts Stichhaltiges über Sergei.

Was, wenn ich ihm gar nicht vertrauen kann? Was, wenn ich wieder falsch liege? Weiß ich denn wirklich, worauf ich mich da einlasse? Sergei wäre ein weitaus entsetzlicherer Stalker als es Morty je sein könnte.

Es könnte richtig sein, ihm zu vertrauen. Es könnte aufregend sein – ein Abenteuer.

Aber es könnte auch die Schwelle zu einer noch schlimmeren Hölle sein als der, in der ich mich derzeit befinde.

Ich stehe unter dem heißen Wasserstrahl wie erstarrt da und zittere vor plötzlichem Entsetzen. Mein Herz setzt aus. Nach der Explosion, den eineinhalb Jahrzehnten der Einsamkeit und Krankheit und dann auch noch Morty als die Kirsche auf der ganzen Scheißtorte werde ich zerbrechen. Ich werde wie ein Stück morsches Holz brechen und wie Sägemehl zerbröseln.

Ich schließe meine Augen und suche in meinem Inneren nach einem festen Untergrund. *Catherine, es ist nur eine Woche. Du hast dich seit fast einem Jahr Fantasien hingegeben, es mit diesem Kerl zu versuchen.*

Möchte ich es versuchen, diese Woche durchziehen und sehen, wohin es führt, und sehr wahrscheinlich dabei auch noch meine Sicherheit gewähr-leisten? Oder möchte ich einen Rückzieher machen und mich in meinem Zuhause verstecken, bis Morty kommt und mich von meinem verdammten Elend erlöst?

Ich habe einen Funken Stolz zu viel, um einfach so klein beizugeben. Ich stütze mich an der Wand der Dusche ab, öffne meine Augen und hebe meinen Kopf. Sergeis schönes, hartes, attraktives Gesicht taucht vor meinem inneren Auge auf, woraufhin mich eine Hitze überkommt, als ich mir vor-stelle, wie stark doch sein restlicher Körper sein muss.

Ich stehe das durch. Ich werde mich den Konsequenzen meiner Entscheidung stellen, egal wie sie aussehen, so wie es jeder Andere auch tut. Wenn sich herausstellt, dass ich im Arsch bin, kann ich zumindest stolz sein, dass ich eine Entscheidung getroffen habe, anstatt meine Entscheidungen von meiner Angst und Krankheit leiten zu lassen.

Während ich mich abtrockne, höre ich ein Klopfen an der Tür. „Miss White, Ihre Kleider für den Tag wurden geliefert. Nehmen Sie sie bitte entgegen."

Ich blinzle verwirrt, als ich mich in meinen kuscheligen, weißen Morgenrock wickle und zur Tür gehe. Ich öffne sie und einer der Männer wendet sich mir mit einem kleinen, höflichen Lächeln zu. „Mr. Ostrov sagt, Sie sollen das anziehen und ihm oben beim Frühstück Gesellschaft leisten. Sie sollen auch Ihren Laptop und Ihr Mobiltelefon mitbringen."

Ich zögere, nehme dann aber den großen, weißen Karton entgegen. „Ich bin so schnell wie möglich da."

Ich öffne den Karton erst, nachdem ich meine Medikamente geschluckt, meine Vitamine genommen, ein großes Glas Wasser getrunken und mein Haar gebürstet und hochgesteckt habe. Dann gehe ich zum Bett hinüber, wo ich ihn abgelegt habe und öffne behutsam den Deckel.

Darin liegt ein Etuikleid aus schwerer, gewobener weinroter Seide. Es hat lange Handschuhe anstelle von Ärmeln und ein kunstvoll drapiertes griechisches Korsett, das die Hügel meiner Brüste betont, ohne sie zu entblößen. Passende Stiefel mit flachen Absätzen im Reiterstil, einfache Seidenstrümpfe, Strapse, BH und Höschen in zartem Rosé runden das Outfit ab.

Eine Schmuckschatulle befindet sich auch darin und ich schaue es mir gleich an. Ein Set Ohrringe aus Weißgold mit Smaragden strahlen mich an. *Ach du Scheiße,* denke ich und mache mich schnell fertig.

Ich habe keine Zeit, mich sehr lange im Spiegel zu bewundern, aber ich halte kurz inne und starre für ein paar Augenblicke. Das ist Sergeis Vorstellung eines Frühstücksoutfits? Mir graut davor, dass ich etwas darauf verschütte, aber...

...ich habe mich auch noch nie zuvor so schön gesehen.

Ich schaue noch etwas länger, berühre meine jetzt geflochtenen Haare und die herabhängenden Ohrringe. Genug. Ich möchte ihn nicht warten lassen.

Sergei wartet im Flur auf mich, gekleidet in einem schwarzen Seidenanzug und einer weinroten Krawatte, die zu meinem Kleid passt. Er sieht so gut aus, dass mich wieder die Hitze von der Dusche komplett überkommt. Er betrachtet mich genau und nickt beifällig. „Gut. Sie wissen, wie man Anweisungen befolgt. Ich nehme an, Sie haben keine Anrufe entgegengenommen?"

„Nein."

Er streckt eine Hand nach dem Telefon und dem Laptop aus und nach einem Moment des Zögerns gebe ich ihm beides. Das war es dann wohl mit meinem sozialen Leben, bis er mit seinen geplanten Änderungen durch ist ... das war es dann wohl auch mit Mortys einziger Möglichkeit, mich zu kontaktieren.

„Gut." Er hat bereits mein Passwort für den Sperrbildschirm, öffnet mein Handy und geht durch ein paar Bildschirme. Er schaut finster drein. „Ich sehe, dass er weiterhin versucht, an Sie heranzukommen. Gut. Je wütender und verzweifelter er ist, desto eher macht er einen Fehler."

Er bietet mir seinen Arm an und ich nehme ihn; er klemmt meinen Laptop unter seinen anderen Arm und steckt mein Handy ein. „Ich habe eine Überraschung für Sie, meine Liebe."

„Die letzten Stunden waren voll von Überraschungen", murmle ich und er schmunzelt, während er mich zum Fahrstuhl geleitet.

Es ist heute Morgen für die Jahreszeit ungewöhnlich warm, fällt mir auf, als wir aus dem Fahrstuhl steigen. Ich bin nicht darauf gefasst, unter freiem Himmel zu gehen; ich wusste nicht, dass der Fahrstuhl Zugang zum Dach hat. Aber andererseits ist dieser Bereich sowie auch Sergeis Penthouse offensichtlich privat.

Vor uns erstreckt sich ein breiter, hell geflieter Platz, auf dem sich ein überdachter Grill- und Kochbereich, ein kleiner Pavillon mit einem Esstisch und einem Whirlpool befinden. Darum herum wuchert ein Dachgarten, der zurückgeschnitten wurde, um ihn für den Herbst vorzubereiten. Blumen blühen immer noch an jeder Ecke des Gartens, die aus Töpfen und Mulden voller reicher, feuchter Erde sprießen.

Der Duft berauscht mich. Hier, so weit oberhalb des Gestanks des Verkehrs vermischen sich der Lehm und das Chlorophyll und die Düfte der Blumen in meiner Nase und ich lächle, als er mich zum Pavillon führt. „Es ist wunderschön hier oben."

„Ich nehme hier immer meine Mahlzeiten ein, wenn es das Wetter zulässt", grummelt er, als er sich hinsetzt und den Laptop und das Telefon auf die Tischplatte legt. „Zuerst das Geschäftliche."

Einer seiner Männer tritt mit einem kleinen, schwarzen Aktenkoffer hervor, aus dem Sergei ein Bündel Papiere und den Ordner mit meinen Beweismitteln gegen Morty holt. „Zuerst formulieren wir unsere Vereinbarung. Dann gehen wir durch die verfügbaren Informationen und schmieden unsere Pläne."

Ich schlucke und presse, wie ich ihm da gegenübersitze, unter dem Tisch meine Schenkel zusammen. Er schiebt das Bündel Papiere zu mir hinüber und ich erkenne, dass es ein Vertrag ist.

6

Sergei

CATHERINE BRAUCHT ZEHN MINUTEN, um sich mir für eine ganze Woche zur Verfügung zu stellen. Ich kann meine Freude darüber, dass sie sich in meine Hände begibt, vor ihr kaum verbergen. Aber meine Verführung muss kunstvoll sein und zu ihrer Zeitvorgabe erfolgen und nicht zu meiner.

ES GIBT SELBSTVERSTÄNDLICH GRENZEN. Sie weiß genug, um ein Signalwort zu erbeten, um gegen eine Handlung, die sie nicht ohne erhebliches Unbehagen absolvieren kann, Einspruch zu erheben. Ich rede mir ein, dass ich sie gebeten hätte, so ein Wort auszuwählen, wenn sie nicht selbst darum gebeten hätte. Sicher habe ich noch so viel Anstand.

. . .

IHRE ANDEREN EINSCHRÄNKUNGEN sind zumeist Dinge, die eigentlich gar nicht erwähnt werden müssten. Sie nicht an Andere weiterzureichen. Sie nicht dazu zu zwingen, sonst wo zu dienen außer im Privaten. Ihren Zugang zu ihren Medikamenten, ihren Freunden oder ihrem sicheren Zuhause nicht zu verhindern.

DAS SAGT VIEL DARÜBER AUS, wie sehr dieser Mann sie verletzt hat, dass sie tatsächlich denkt, die grundlegendsten ihrer Rechte verteidigen zu müssen. Ich habe bereits beschlossen, ihn zu töten, aber ich habe mich noch nicht entschieden, ob ich ihr das sagen soll. Ich möchte sie nicht – noch mehr – aufregen und sie hat klargestellt, dass ihr das Ende wichtiger ist als die Maßnahmen.

Selbstverständlich bedeutet das nicht, dass sie mit dem Gedanken, was genau diese Maßnahmen sind, umgehen kann. Aber das ist nicht ihre Aufgabe. Das ist meine. Fürs erste ... ist sie meine Aufgabe. Irgendwie gefällt mir dieser Gedanke sehr gut.

ICH LEHNE mich in meinem Stuhl zurück und betrachte, wie die Tinte ihrer Unterschrift auf dem Papier trocknet, wie der feuchte Glanz so langsam nachlässt. Catherine isst mir gegenüber eine Schüssel mit Obst, Joghurt und Müsli. Ich schlürfe meinen Kaffee, noch unwillig, nach meinem Teller zu verlangen.

MIKHAIL WEIß BEREITS von dem Stalkerproblem und auf der Straße sind Männer unterwegs, die in hiesigen Hotels nach Morty Ausschau halten. Falls er in der Stadt ist, wird er noch vor

Ende der Woche geschnappt werden. Inzwischen lasse ich Xenia, eine meiner Assistentinnen, online nach ihm recherchieren, nachdem sie Catherines Laptop überprüft hat.

Jetzt, da all das delegiert wurde, wende ich meine Aufmerksamkeit dem Handy zu. Catherine hält inne und legt ihren Löffel nervös auf den Tisch, während sie mich ansieht.

„Ich werde mir jetzt diese Nachrichten anhören."

Sie nickt und ich halte das Handy an mein Ohr, während ich mir für ein paar Minuten leidenschaftslos die Drohungen und das Flehen anhöre. Morty hat eine hohe, weinerliche Stimme mit einem leichten Zittern darin – fast schon frauenhaft. Irgendetwas stört mich daran, aber ich habe noch nicht ganz ausgemacht, was es genau ist.

Ich mache mir ein paar mentale Notizen. „Haben Sie noch andere Möglichkeiten außer Ihr Handy, um Ihre Freunde zu kontaktieren?"

„Facebook. Ich habe keine Verwandten, mit denen ich in Kontakt bin. Nur ein paar Freunde." Das sind mehr Informationen, als sie mir geben muss.

„Sie bekommen innerhalb einer Stunde Ihren Computer zurück. Aber dieses Handy brauche ich noch mindestens bis heute

Abend. Wir werden versuchen, seine Anrufe zurückzuverfolgen."

„Natürlich."

„Schön." Und einfach so klingelt das Handy plötzlich mit dem leisesten Klingelton. Ich schaue darauf und bemerke, dass sie für Morty einen sehr leisen Ton ausgewählt hat „Und da ist er auch schon. Bringen wir die Sache hinter uns."

Sie staunt, als ich den Anruf entgegennehme. Ich sehe, wie sie gerade protestieren möchte und als sie meinen Blick auffängt, schluckt sie den Drang hinunter. Ich schenke ihr ein kleines Lächeln der Zustimmung. „Vertrauen Sie mir", forme ich mit den Lippen, während ich auf die Stimme am anderen Ende der Leitung warte.

„Catherine? Wo bist du, du Schlampe?", kommt die hohe, nasale Stimme. Sie klingt ein bisschen schwammig. Ich vermute, er ist betrunken. Trunkenheit ist jedoch keine Entschuldigung für ein liederliches und grobes Verhalten. Dieses Tier ist beides. „Du nimmst einfach ab und gibst keinen Ton von dir?"

Ich lege zu Catherines Gunsten jedes bisschen Abscheu vor dieser Kreatur in meinen Ausdruck, aber meine Stimme bleibt geschäftsmäßig. „Wenn du nach Catherine White suchst, kannst du damit aufhören."

. . .

Der erschrockene Aufschrei widerspricht sich irgendwie wieder mit dem Aussehen des breitbrüstigen Mannes auf den Fotos. *Irgendetwas übersehe ich hier.* Stille für ein paar Augenblicke, dann knurrt die Stimme, „Wer ist da?"

„Sergei Ostrov", antworte ich aalglatt. Für diejenigen, die sich nicht in meinen Kreisen bewegen, bedeutet es nichts; für diejenigen, die es tun, bedeutet es alles.

„Wer zum Teufel soll das sein?", krächzt er. Definitiv kein hiesiger Berufskrimineller oder mit Verbindungen zu einem. Seine Unwissenheit wird sein Untergang sein. „Wo ist Catherine?"

„Sie geht dich nichts mehr an." Meine Stimme ist kalt und fest. „Du wirst nicht mehr die Gelegenheit haben, sie zu belästigen. Wenn du das versuchen solltest, wirst du die Konsequenzen tragen müssen."

Ich höre, wie er, wer auch immer das ist, anfängt, schneller und schwerer zu atmen, noch bevor ich meine Aussage beendet habe. „Du—!" setzt er an.

Ich schneide ihm mit einem messerscharfen Ton das Wort ab. „Das ist nicht verhandelbar. Du bist allein und ich bin es nicht. Du hast keine Verbindungen und keine Macht, ich hingegen schon. Ich habe Catherine. Sie ist mein Eigentum. *Ich werde jeden töten, der versucht, sie mir wegzunehmen.*"

Catherine schnappt nach Luft. Ich werfe ihr einen Blick zu und sehe, wie sie mich mit einer Mischung aus Bewunderung, aber auch völligem Schock anstarrt. Ich lege auf, ohne auf Mortys Antwort zu warten.

„Fürs Protokoll", schnurre ich, als ich über den Tisch greife und kurz mit einer Strähne ihres Haares spiele. „Nein, ich denke nicht, dass meine kleine Ansage ihn abschrecken wird. Aber der Fehdehandschuh wurde jetzt hingeworfen. Schon bald werde ich seinen Hass von Ihnen abwenden und ihn stattdessen auf mich lenken."

Sie starrt mich an, als würde ich nicht mehr Englisch sprechen. „Ist das denn sicher?"

Ich kann nicht anders, aber ich lache. „Nein. Aber das Leben auch nicht. Und außerdem, meine Kleine … er hat viel mehr Grund, Angst vor mir zu haben als ich vor ihm."

Die Bediensteten bringen mir mein Steak, Eier und Toast und sie und ich essen zusammen. Sie redet noch nicht viel, aber die erstaunten Blicke, die sie mir zuwirft, sprechen Bände. Ich ertappe mich dabei, wie ich mir wünsche, jeden Tag mehr davon zu sehen.

. . .

Sie hat diesen Nachmittag einen Arzttermin; zwei meiner Männer fahren sie dorthin und ich treffe mich mit Mikhail und Xenia, während sie weg ist.

Mikhail lungert in einem weißen Rollkragenpullover und Jeans im Spielzimmer seines Anwesens herum. Die halbmongolische Xenia sitzt an einem Schreibtisch in der Ecke und tippt auf Catherines Laptop herum. Sie beide blicken auf, als ich hereinkomme. Mikhail lächelt breit und Xenia richtet ihre große, runde Brille und geht sofort wieder zurück an die Arbeit.

„Ah, Cousin, wie läuft es mit deinem neuen Lieblingsprojekt?" Er ist der Einzige, dem ich alles erzählt habe.

„Na ja, so weit. Ihr Stalker ist kein Profi und ich bezweifle, dass er irgendwelche hiesigen Verbindungen hat. Ich vermute, dass er noch einer von diesen aufgeblasenen Kellerkindern ist, die mit Mamis Küchenmesser auf-tauchen und keine Ahnung haben, was man damit macht." Wir beide lachen.

„Nun, dann wünsch ich dir viel Glück." Er hustet in seine Faust hinein. „Nach deiner Show letzte Nacht haben alle Schuldner ihre Schulden sofort beglichen. Ich wünsche mir nur, sie wären jede Woche so kooperativ."

Ich sehe das kleine Mädchen und die Leiche seines Onkels vor Augen und lächle gezwungen. Ich habe still und leise sichergestellt, dass sowohl sie als auch ihre Mutter ständig beschützt werden und für sie bis zu ihrem 18. Lebensjahr gesorgt wird. „Ich freue mich, wenn ich dir helfen kann, Cousin."

„Sᴇʀɢᴇɪ", ruft Xenia mit einem überraschenden Maß an Dringlichkeit in ihrer Stimme. Mikhail und ich schauen beide auf und gehen dann zu ihr hinüber. Als wir näherkommen, macht sie den Großbildprojektor an und schickt eine größere Version des Desktops auf die ausziehbare Projektionsleinwand.

„Ich habe ihren Laptop mit angemessener Sicherheitssoftware eingerichtet und habe alles über ihren Stalker herausgefunden, was ich konnte. Morty Branch. Ich habe ihn gefunden, indem ich seine Infos in den sozialen Medien benutzt habe, aber ... es gibt ein Problem." Ihre vogelähnlichen schwarzen Augen begegnen meinen.

„Uɴᴅ ᴡᴀs ꜰür ᴇɪɴs ɢᴇɴᴀᴜ?", frage ich, während Mikhail fasziniert zusieht.

„Mᴏʀᴛʏ Bʀᴀɴᴄʜ, Alter fünfundvierzig, ehemals angestellt bei WhiteCorp als ein Ingenieurspraktikant." Sie deutet auf den Bildschirm, der voller Links und aufgeführter Informationen ist. „Sohn einer alleinerziehenden Mutter, die noch in Seattle lebt."

„Eʀ ʜᴀᴛ ᴀʟsᴏ für ihre Eltern gearbeitet. Ich nehme an, er ist also älter als zwanzig." Natürlich. Er interessierte sich nicht für den Stil der Neunziger – diese Fotos waren aus den Neunzigern.

. . .

„Na ja ... so ungefähr. Diese Person hat aktuell Konten in sozialen Medien, PayPal und sogar ein paar Kreditkarten auf ihren Namen. Aber laut dem Personenstandsregister des Staates Washington kann er unmöglich Miss Whites Stalker sein."

Ich runzle die Stirn. „Nicht?"

„Nein, Sir." Sie lehnt sich zurück und richtet ihre Brille. „Morty Branch ist seit fast zwei Jahrzehnten tot. Er starb bei derselben Explosion, bei der auch Catherines Eltern getötet wurden."

7

Catherine

„Er ist ... tot?" ich starre Sergei verblüfft an, nicht sicher, was ich davon halten sollte. Der Bericht von Sergeis Rechercheexpertin liegt vor mir auf dem Couchtisch; sein Wortlaut ist einfach gehalten. „Aber ... wenn der echte Morty tot ist, wer ist dann...?"

„Ich habe so meinen Verdacht." Er stößt sich von seiner Wohnzimmerwand ab und geht zu mir hinüber und setzt sich neben mich auf die schwarze Ledercouch. „Ich glaube nicht, dass er zufällig ausgewählt wurde. Nicht mit seinen Verbindungen zu Ihren Eltern."

Je näher er mir kommt, desto wärmer und elektrischer scheint der Raum zwischen uns zu werden, als würden Funken zwischen unseren Körpern tanzen. Ich schlucke und schlage meine Beine wieder übereinander, froh über die schwache Ablenkung von meiner kalten Frustration. „Wir wissen wirklich nichts über ihn, außer, dass er irgendeine Verbindung zum echten Morty hat."

„Haben Sie Vertrauen. Ich habe viele beschützt und noch mehr vernichtet." Er streckt seine Hand aus und berührt wieder mein Haar. Es ist das kleinste bisschen an Berührung, aber genug, um mich zum Zittern zu bringen. Ich möchte mich in seine Hand schmiegen und spüren, wie sie voll und ganz gegen meine Haut drückt. Aber ich bin nicht mutig genug. Noch nicht.

„Diese Person wird nicht lange vor mir versteckt bleiben."

„Ich glaube Ihnen."

Schon ein Tag ist vergangen, seit wir unsere Vereinbarung getroffen haben und ich leide bereits Seelenqualen. Nicht, weil ich das tue, was er sagt, und auch nicht, weil ich in seinem Haus bin. Nein; es ist, weil ich mich noch nicht dazu durchringen kann, ihn rundheraus zu bitten, mich zu ficken.

Ich kann den Vorwand verwenden, Sergei meinen Körper anzubieten, weil ich es tun muss oder er es mir befiehlt. Aber das ist es nicht, was er von mir möchte. Er möchte, dass ich es von ganzem Herzen will. Er möchte, dass ich es ihm klar und deutlich sage, dass er mich ficken soll.

Ich wünschte, ich könnte mich auf der Stelle durchringen, es zu sagen. Ich will es – ich bin nur so schüchtern und ich weiß nicht, wie ich ihn darum bitten soll. Aber seine Voraussetzung hallt wieder in meinen Ohren nach und ich weiß, dass ich den Mut aufbringen muss nachzugeben, um das zu bekommen, was ich will.

Das ist die einzige Anweisung, die er mir bisher gegeben hat, wonach ich mich verzehre, und das Verlangen nach ihm wächst nur deshalb. Es ist genug, um mich von den verrückten Neuigkeiten abzulenken und mich nicht von ihnen erdrücken zu lassen.

„Also ist gar nichts wahr, was ich über meinen Stalker weiß." Das ist immer noch ein Schock.

Sergei grummelt und nickt. „Ich wünschte, ich hätte für Sie bessere Neuigkeiten. Aber ich glaube, dass die Wahl Ihres Stalkers, Branch als seine Tarnidentität zu benutzen, an sich schon vielsagend ist. Er war ein ehemaliger Angestellter Ihrer Eltern und starb in derselben Fabrikexplosion, bei der auch Ihre Eltern starben." Er spricht in einem sanften Ton. „Es liegt nahe, dass Ihr Freund jemand ist, der Morty so nahesteht, dass er seinen Tod rächen will."

„Aber ... warum sollte er mich angreifen, um es meinen Eltern heimzuzahlen? Ich hatte damit doch gar nichts zu tun und sie sind tot!" Ich werde lauter und fange mich wieder. Ich presse meine Lippen aufeinander und schließe meine Augen.

Sein Hand streicht sanft über meinen Rücken – oder darf ich sogar sagen, zärtlich? Ich öffne meine Augen und sehe, wie er mich mit einer Art Mitgefühl ansieht, das sicher nur wenige Menschen auf seinem Gesicht gesehen haben. Ich fühle mich ... privilegiert. „Es ist ungeheuerlich, dass Sie ein Ziel für Rache wurden. Sie sind einer der wenigen Menschen, denen ich je begegnet bin, die es wirklich mit niemandem böse meinen." In seinem Tonfall schwingt etwas Nachdenkliches mit und das beruhigt mich ein bisschen, trotz des Themas.

Ich denke nicht gerne über jenen Tag nach, ganz zu schweigen davon, darüber zu sprechen. Zu viel davon und die Erinnerungen könnten sich in den Vordergrund drängen und meine Wahrnehmung für das Hier und Jetzt eindämmen. Heute habe ich die Flashbacks nicht mehr sehr oft, aber wenn sie mich überkommen, dann sind sie immer noch Monster.

„Geht es Ihnen gut, meine Kleine?" Sergei stellt diese Frage in so einem besorgten Tonfall, dass es mich erschreckt.

Ich blinzle stumm, schlucke dann und schüttle meinen Kopf. Sofort streckt er seine Arme aus und nimmt mein Gesicht zwischen seine Hände. Seine riesige, langfingrige Hand, deren Handfläche so weich wie Leder ist, gleitet über mein Kinn und dann nach oben, um die Nadeln aus meinem Haar zu lösen und es zu lockern.

Ich hole Luft. Es ist schon lange her, seit mich jemand berührt hat, der kein Arzt war. Ich kann mich nicht einmal an das letzte Mal erinnern, dass jemand mit mir behutsam umgegangen ist. Meine Haut prickelt unter seiner Berührung, während er meinen Zopf entwirrt, als würden eingeschlafene Nervenenden wach werden.

„Alles wird gut werden", beschwichtigt er mich. „Vertraue mir, meine Kleine. Ich werde die Verbindung herstellen und werde diesen Mann auf-halten. Ich werde dich beschützen. Du hast mein Wort darauf."

Ich schmiege meine Wange in seine Handfläche und schaue in flehend an, mein Mund trocken und mein Körper prickelt von oben bis unten. Ich seh-ne mich nach mehr seiner Berührungen. *Schlaf mit mir,* versuche ich zu sagen, aber es bleibt mir im Hals stecken.

Er sieht den Blick in meinen Augen und seine Augenwinkel kräuseln sich vor Belustigung. „Heute Abend müssen du und ich diese ganze Angelegenheit für eine Weile vergessen und Spaß haben." Er geht nicht weiter darauf ein und mein eigener praktischer Vorschlag kommt mir immer noch nicht über die Lippen.

Ich versuche weiterhin, die Worte auszusprechen und muss schließlich das Thema wechseln. „Ich habe mich gefragt...", beginne ich, wobei ich wieder Probleme mit dem Augenkontakt habe. „Ich weiß fast nichts über dich. Würde es dir etwas ausmachen, wenn ich dir ein paar persönliche Fragen stelle?"

„Nur, wenn du auch meine Fragen beantwortest." Er spielt wieder mit meinen Haaren und ich bebe und lehne mich in seine Berührung.

„Natürlich." Ich schaue ihn verstohlen durch meine Wimpern an. „Wenn du mich etwas fragst, muss ich dir so oder so antworten, oder nicht?"

Er schenkt mir dieses belustigte Lächeln, das mich so wärmt und nickt. „Ich nehme es an. Aber ... ich werde nachsichtig sein." Er wickelt ein paar meiner Haarsträhnen um seine Finger und vor meinem geistigen Auge kommt das plötzliche Bild auf, wie er eine ganze Handvoll davon packt und ganz fest hält.

Ich lasse meinen Kopf zurückfallen, wobei ich immer noch nicht meine Stimme wiederfinde, und stöhne dann leise auf, als er zuvorkommend mein Haar packt. *Ja, genau so.* Ich beiße mir auf die Lippe, drücke meine Beine zusammen und für einen Augenblick denke ich fast, dass ich den Mut auf-bringen kann, es ihm zu sagen.

„Kannst du sprechen?", säuselt er, während er mich nahe an der Kopfhaut hält – fest, aber ohne Schmerzen. Die Anspannung, die sich in meinem Unterleib ausbreitet, macht es mir einen Moment lang schwer zu antworten.

All das nur von dem bisschen Haareziehen. Was habe ich verpasst? Ich schnappe nach Luft und sage dann: „Ja..."

„Was wolltest du wissen?" Seine Stimme ist weich, als hätte er keinen Schimmer, was sein Griff, seine Nähe und sein moschusartiger, würziger Geruch mit mir machen.

„Warum hast du dich dazu entschieden, mir zu helfen?" Ich möchte nicht, dass es zu verdächtig klingt, aber da ist immer noch diese Angst im Hinter-kopf.

Er hält inne und gibt dasselbe kleine Schmunzeln von sich. „Du faszinierst mich. Ich möchte sehen, was passiert, wenn ich dich aus deinem Schneckenhaus herauslocke."

Das überrascht mich. Ich hatte gedacht, er würde aus Langeweile behaupten oder einem Wunsch, für eine Woche ein Haustier zu haben oder ein schlichtes Revierverhalten aufgrund eines Problem, das sich vor seiner Haustür abspielt. „Ich ... bin nicht so besonders."

Er lässt mein Haar los und zieht sich finster blickend zurück. Ich blinzle ihn an, geschockt und ob der fehlenden Berührung schmerzend, erstarre aber dann, als ich die Wut in seinen Augen sehe. Aber anstatt zu brüllen oder etwas Ungestümes zu tun, spricht er mit einer ruhigen, aber kräftigen Stimme.

„Wenn du Respektlosigkeit jemandem gegenüber zeigst, in den ich meine Zeit und Mühe investiere, dann zeigst du auch mir gegenüber Respektlosigkeit. Du wirst mit dieser Angewohnheit, schlecht über dich selbst zu reden, brechen. Demut ist eine Tugend, aber wage es nicht, dich selbst schlechtzumachen."

Er starrt mir einen Moment länger in die Augen, während eine bittersüße Mischung aus Ehrfurcht, Schock und Dankbarkeit über mich kommt. So-bald sich der Schock genug gelegt hat, schlucke ich und nicke.

„Gut", antwortet er. „Also. Jetzt bin ich dran. Ich weiß, dass du keine Feinde hast; niemand könnte dich hassen, es sei denn sie wären geisteskrank. Aber was ist mit deinen Eltern? Hatten sie Feinde?"

„Ich weiß nicht recht", gebe ich zu, nachdem ich einige Sekunden nachgedacht habe. „Ich war damals noch so klein. Keine der Nachrichtenberichte oder Gerichtsverfahren, die ich mir im Nachhinein angeschaut habe, er-wähnten Probleme mit irgendjemandem. Einige der Familien der Personen, die in der Fabrikexplosion umkamen, wollten klagen, aber der Nachlass hat alles beglichen."

Ich merke, dass ich meine Fäuste verkrampfe, während meine Nägel in meine Handflächen bohren. Ich schaue hinunter und versuche, sie zu entspannen, aber das tun sie nicht, bis Sergei seine Hände ausstreckt und meine mit seinen umfasst. Ich nehme einen tiefen Atemzug ... und spüre, wie meine Nägel lockerlassen und meine Knöchel aufhören, zu schmerzen.

„Bist du bei mir?" fragt er sehr sanft und nach einem Augenblick nicke ich.

„Es ist manchmal einfach nur schwierig, darüber zu reden", gebe ich zu. „Eigentlich habe ich keine Flashbacks mehr, aber manchmal schleichen sie sich an mich an, wenn der Unfall aufkommt. Es ist aber nicht mehr so schlimm wie früher."

Er nickt und hält meine Hände, bis ich wieder atmen kann. Ich möchte ihn dafür küssen, aber stattdessen konzentriere ich mich darauf, wieder in die Normalität zurückzukehren.

„Woher weißt du, wie man mit jemandem umgeht, der solche Attacken hat?", frage ich schließlich.

Sein Lächeln verblasst und er blickt weg. „Meine Mutter war Rumänin, die zu Verwandten nach Russland geflohen ist, nachdem ihre Eltern von der Geheimpolizei getötet wurden. Sie war dort; sie versteckte sich über einen Tag lang unter dem Bett, bevor einer der Nachbarn sie gefunden hat. Von da an erlitt sie mindestens ein paar Mal in der Woche ernste Attacken."

Es schockiert mich. Ich kann mir nicht vorstellen, dass er von jemandem, der so gebrochen war, abstammt. Er scheint aus Eisen gemacht zu sein.

„Als ich dann geboren wurde, hatte sie nicht mehr solche heftigen Episoden. Aber ab und zu kam es noch vor und mein Vater stellte sicher, dass ich wusste, wie ich ihr helfen konnte, sich wieder auf die Realität zu fokussieren." Er drückt meine Hände, lehnt sich dann zurück, zieht seine Berührung zurück und hinterlässt dort wieder Schmerzen.

„Ich bin dir dankbar."

Er nickt einmal, dann kräuselt sich ein Mundwinkel nach oben. „Wie lange bist du schon in mich verknallt?"

Ich erstarre innerlich, verschlucke mich an den Worten und schaffe es nur, ein kleines verlegenes Quietschen von mir zu geben. Seine Augen leuchten vor Belustigung über das Geräusch und er ... wartet einfach.

Verdammt. „Ich ..." Mit rasendem Herzen, feuchten Handflächen und einem innerlichen Beben raffe ich all meinen Mut zusammen und schaffe es kaum, mich der Situation gewachsen zu zeigen. „Seit der Nacht, in der ich dich zum ersten Mal gesehen habe. Im Aufzug."

„Im Aufzug?" Er klingt fasziniert ... und verwirrt.

„Du warst am Telefon und kamst rein, als sich gerade die Türen schlossen." Natürlich hatte er mich nicht bemerkt.

„Ah, ich weiß." Er neigt seinen Kopf leicht. „Wie lange ist das schon her?"

„Fast ein Jahr." Ich werde wieder rot. *Verdammt*. Ich muss ihn von mir und meiner Lächerlichkeit ablenken. „Also ... was machst du beruflich?"

„Außer Immobilien?" Sein Lächeln verschwindet, was mich überrascht.

„Ja", sage ich, wobei ich mich frage, warum sich mein Magen zusammen-zieht.

Er zögert, seine Augen suchen mein Gesicht. „Ich führe ... ein großes privates Sicherheitsteam." Er wählt seine Worte mit Bedacht. Ich frage mich, ob das eine Umschreibung für etwas ist. „Ich mache das seit fast zwei Jahr-zehnten."

Ein privates Sicherheitsteam? Für wen? Einen exzentrischen Milliardär? Einem Meisterverbrecher? Ich möchte so gerne weiterbohren, aber der Blick in seinen Augen hält mich davon ab. Er sieht ... ein bisschen besorgt aus, als ob er sich fragt, ob mein Interesse an ihm weiterbesteht, wenn ich von seinen Geheimnissen erfahre. Schlagartig wird mir klar, dass dieser Mann aus Stahl auch eine verletzliche Seite hat. Seltsamerweise fühle ich mich dadurch noch sicherer bei ihm.

Am Abend des nächsten Tages bekomme ich meinen Laptop zurück, der nach Viren und anderen Problemen gescannt wurde, und von dem jede noch so kleine Korrespondenz mit „Morty" kopiert wurde. Sobald ich mit den Pflichten des Abends und noch einem langen, qualvoll flirtreichen Gespräch mit Sergei nach dem Essen durch bin, bringe ich ihn zurück in das luxuriöse Gästezimmer, das Sergei mir gegeben hat.

Es war ein interessanter Tag. Ich muss alle Anweisungen von Sergei annehmen, aber was ich hauptsächlich für ihn tun soll, ist, ihm von mir zu er-zählen, das zu tragen, was ihm gefällt, und ihm Gesellschaft zu leisten. Ich habe die ganze Zeit damit zugebracht, mit mir zu ringen, ihm einfach zu sagen: *Ja, ich will dich. Bitte geh mit mir jetzt ins Bett.*

Er ist freundlich, aber bestimmt. Er macht mir nie Angst und tadelt mich nur dann, wenn ich schlecht von mir spreche.

Ich bin mir ehrlich gesagt nicht sicher, ob ich will, dass es endet, wenn die Woche erst einmal vorbei ist.

Ich gehe auf Facebook und lasse die Leute wissen, dass es mir gut geht, aber dass ich mich dank der Grippe für ungefähr eine Woche rarmache. Dann rufe ich meine E-Mails ab.

Ich habe eine in meinem Eingang, die von einem unbekannten Absender ist. Ich erstarre. Ich habe keine Angst mehr vor den Drohungen dieser Person, aber ich weiß, dass ich Sergei davon erzählen muss. Das habe ich versprochen.

Aber die Neugier gewinnt über mich die Oberhand und ich öffne sie.

Weißt du, mit wem du herumhurst? Google mal Sergei Ostrov.

Meine Kehle schnürt sich zu. Ich sollte dem, was mir dieser falsche Morty sagt, nicht viel Gewicht beimessen. Aber das Problem ist, dass ich bereits Zweifel habe. Ich bin schon furchtbar neugierig – so sehr, dass ich mich frage, warum ich nicht vorher schon nach ihm gegoogelt habe.

Ich habe ihm für eine Woche mein Leben angeboten. Ich denke darüber nach, ihm meinen Körper anzubieten und vielleicht sogar mein Herz. Aber ich kann mir das nicht leisten, so lange ich nichts wirklich von ihm weiß, außer, dass er reich ist, einen großen Beschützerinstinkt hat und seine Mutter liebt.

Ich starte den Suchlauf.

Sofort springen mir Zeitungsschlagzeilen von vor zehn Jahren ins Gesicht, eine nach der anderen. Ermittlungsverfahren. Mordanschuldigungen. Anschuldigungen, dass er zur russischen Mafia gehört.

Ich führe ein großes privates Sicherheitsteam. Und hat dadurch genug Geld gemacht, um sich ein kleines Immobilienimperium aufzubauen.

Der Bildschirm verschwimmt vor meinen Augen und ich spüre, wie mir kalt wird, während sich mein Sicherheitsgefühl in Luft auflöst. *Er ist ein Mafiavollstrecker.*

8

Sergei

„Es ist die Mutter. Ich bin mir sicher." Ich muss es Catherine erzählen, so-bald sie aufwacht. Ich gehe aufgeregt in meinem Schlafzimmer hin und her, während ich in mein Telefon spreche. „Mortys Mutter war eine der Personen, die klagen wollte, oder nicht?"

„Ja", antwortet Xenia in ihrer gleichgültigen Stimme. „Sie ist in den letzten fünfzehn Jahren auch immer wieder in Psychiatrien gewesen." Ich höre, wie sie tippt. „Wahnhafte Störung. Sie glaubt, dass Mortys Geist zeitweise von ihr Besitz ergreift."

„Okay, hör zu." Mein Herz klopft. Je mehr Zeit ich mit Catherine verbringe, desto hingebungsvoller werde ich, was ihren Schutz anbelangt. Ich weiß immer noch nicht, wie ich sie an die Realität über meine Person und meine Arbeit heranführen soll, aber ich muss es versuchen.

Und falls es etwas gibt, wodurch sie diese Neuigkeiten wohlwollender auf-nimmt, dann nur, dass ich ihren Stalker ein für alle Mal aufhalte.

„Mikhail hat noch sechs weitere Männer zu meinem Dutzend unter meine Aufsicht gestellt. Allen werden Fotos und

Informationen über die Mutter und ihren Wahnvorstellungen ausgehändigt. Sie ist die neue Zielperson. Sie kleidet sich eventuell wie Morty, so wie auf dem dritten Foto."

Die Frau ist in ihren Bemühungen, wie der von ihr „besitzergreifende" Sohn auszusehen, voll aufs Ganze gegangen. Ihr Haar ist wie seines kurz geschnitten und in demselben Walnussbraun gefärbt. Sie trägt einen übergroßen Herrenfilzhut und einen Trenchcoat, die ich schnell mit denen auf Martys Bild abgleiche, und auf jedem Bild ist ihr Gesicht ausdruckslos.

„Ich werde das Material verteilen", verspricht Xenia. „Gut aufgepasst, Sergei."

„Danke, gleichfalls." Ich lege lächelnd auf – gerade als Boris atemlos mit einem wütenden und panischen Ausdruck auf seinem breiten Gesicht hereinplatzt.

„Sergei—dein Mädchen! Sie ist aus ihrem Zimmer herausgeschlichen. Wir haben sie auf den Sicherheitskameras erwischt, wie sie aus der Tür schlüpft, aber wegen der verschlechterten Sicht aufgrund des Sturms da draußen haben wir sie verloren." Er wollte sich gerade entschuldigen, aber ich brause schon an ihm vorbei, die Treppen hinunter ins erste Stockwerk. Ich sollte wütend sein – fuchsteufelswild, weil sie ihr Versprechen gebrochen hat, bei mir zu bleiben, und entsetzt, dass sie so nachlässig mit ihrer eigenen Sicherheit ist. Stattdessen habe ich Angst. Sowohl, dass Morty sie vor mir findet als auch, dass sie alles weiß und mir niemals meine Geheimnisse verzeihen würde.

Catherine. Es tut mir leid. Es gibt so viel, das ich ihr nicht erzählt habe. Mein Leben. Meine Familie.

Die grauenvolle Reise in die Staaten, damit meine Mutter nach dem Tod meines Vaters eine richtige Pflege bekommen konnte. Meine Schuld bei Mikhail, dafür, dass er uns hierhergebracht hat, und wie ich dazu kam, sie zu begleichen, indem ich meine Hände blutig machte.

Und dass das Einzige, was ich will, etwas Reines in meinem Leben ist – eine Frau, eine Familie und etwas, für das es lohnt, nach Hause zu kommen und das nicht durch meine blutige Arbeit beschmutzt ist. Dass die Bewunderung in ihren Augen mir zum ersten Mal in meinem Leben Hoffnung gibt, dass das vielleicht sogar möglich ist.

Ich renne ohne Mantel hinaus in den Sturm, die Pistole versteckt an meiner Seite, bestimmt, Catherine noch vor Mortys geistesgestörter Mutter zu finden.

Der Regen durchnässt mich in Sekunden, während ich überall auf der Straße nach ihr schaue. Ich weiß nicht, was Catherine dazu brachte, aus ihrem Zimmer zu flüchten, aber ich weiß, dass ihr Stalker entweder das Gebäude beobachtet hat oder hat beobachten lassen.

Ich gehe wieder ans Telefon, während ich zur nächsten U-Bahn-Station gehe, weil ich weiß, dass sie bei diesem Durcheinander Probleme hätte, ein Taxi zu bekommen. Ich belle bereits Befehle, rufe meine Männer an, um ein Fangnetz in der Gegend zu bilden. Wir müssen sie finden, bevor der vermeintliche Mörder sie schnappt und sie aus der Gegend schleppt.

Ich darf Catherine nicht im Stich lassen. *Ich darf sie nicht verlieren.*

Es ist purer Zufall, dass der Wind gerade genug nachlässt, dass ich darunter gedämpfte Protestschreie höre. Ich schaue mich wieder um, spitze meine Ohren und höre den kleinen Laut erneut, der zu mir aus einer nahegelegenen Gasse durchdringt. Ich gehe in die Richtung, trete in die Schatten und passe meine Augen an.

In der Gasse parkt ein Mietlieferwagen mit geöffneten Hecktüren. Zwei Gestalten kämpfen davor, eine schlank und kleiner, eine groß, klotzig und in einen langen Mantel gehüllt. Ich bewege mich schnell und leise vorwärts, wobei ich ein vulkanisches Anschwellen von Zorn in mir aufkommen spüre.

9

Catherine

Es geschieht alles so schnell. Ich versuchte, mich hinauszuschleichen, ohne dass es jemand merkt, aber jemand hat sogar bei dem Sturm, der den Block in Schwarz gehüllt hat, den Eingang beobachtet. Als ich in den peitschenden Regen hinaustrat, abgelenkt von meinem gebrochenen Herzen und schierer Kopflosigkeit, tauchte jemand hinter mir auf und hielt mir ein Messer unter mein Kinn.

Ich schaltete gedanklich ab, gefangen in einem Flashback, und erschlaffte, als sie mich den Block hinunter und in eine enge, dunkle Gasse zerrte. Mein Kopf füllte sich mit der Explosion: mein Vater, der sich wie brennen-des Papier auflöst, einen Moment, bevor meine Mutter mich umwarf und mit ihrem brennenden Körper abschirmte.

Aber dann nahm sie das Messer von meinem Hals und das Eigenartigste überhaupt geschah. Ich erinnerte mich an Sergeis Befehl, dass ich sein Eigentum – dass ich *mich* – nicht wie Müll behandeln soll. Und obwohl ich vor ihm weggelaufen bin, gehorche ich.

Ich laufe weg, als sie die Türen des Lieferwagens öffnet,

woraufhin sie das Messer fallen lässt und mir nachläuft, um mich zu packen und zurückzuzerren. Ich kämpfe, schreie, bevor sie meinen Mund zuhalten kann. Und gerade als sie eine Faust hebt, um mich zur Unterwerfung zu prügeln, hören wir beide hinter uns einen Schritt.

„Lass sie gehen." Sergeis Stimme ist ein Knurren, das sich gegen das Geräusch des Sturms durchsetzt, und lässt das ausdruckslose Gesicht meines Kidnappers vor plötzlicher Nervosität zucken. Er ist das Auge des Sturms – das windstille Zentrum des Wirbelsturms – und ich fühle mich trotz der Gefahr, in der ich mich noch befinde, auf einmal sicher.

„Sie gehört mir", blafft die Frau, während sie versucht, mich an der Kehle zu packen. Ich beiße ihr in die Hand und schlage meine beiden in Handschellen gelegten Hände auf die Seite ihres Gesichts und sie taumelt zurück. Aber bevor ich zu Sergeis schattenhafter Gestalt stürzen kann, packt sie mich an den Haaren und reißt mich zurück zu sich.

„Ich sagte, sie gehört mir! Mein Junge ist tot! Er lässt mich nicht ruhen, bis jemand dafür bezahlt!" Das kehlige Kreischen der Frau tut mir in den Ohren weh und ich bin zu entsetzt, um innezuhalten und mich zu fragen, wovon sie eigentlich spricht.

Sergei hebt seine Pistole und verengt seine Augen. „Dein Junge ist zusammen mit den Eltern dieses armen Mädchens vor fünfzehn Jahren bei einer Explosion gestorben, die durch Industriesabotage verursacht wurde. Ihre Eltern haben deinen Jungen nicht umgebracht, verdammt nochmal", knurrt er. „Sie auch nicht. Er wurde von demselben unzufriedenen Angestellten getötet, der für den Tod von Hunderten Anderen verantwortlich war."

Für einen Moment verstummt die Frau und ich denke, dass Sergei vielleicht zu ihr durchgedrungen ist. Aber dann wird ihr Griff an mir fester. „Du lügst! Mein Junge will sie! Wenn ich sie opfere, lässt er mich ruhen!"

Sie zieht noch ein Messer aus ihrer Manteltasche und ich winde mich verzweifelt, um von ihr wegzukommen. Aber bevor sie die Klinge aus ihrer Tasche ziehen kann, ruft Sergei mir zu:

„Vertraust du mir, Kleines?"

Unsere Augen treffen sich über die Entfernung und ich sehe die Entschlossenheit in seinen ... und wie sie sich mit einer stillen Bitte vermischen. Trotz allem, was ich jetzt weiß, sehe ich, wer der wahre Sergei ist. Ich vertraue ihm. Ich ... liebe ihn, gestehe ich mir ein. Und ich nicke.

„Dann beweg dich nicht und schließe deine Augen."

Ich gehorche und als die Frau das Messer an meine Kehle bringen will, feuert Sergei zweimal ab.

Sie versteinert, das Messer gleitet ihr von den Fingern. Ich höre sie nicht einmal ausatmen; sie gleitet einfach von mir ab und fällt auf den nassen Asphalt, während ich zu Sergei stürze. Ich schaue nicht zurück.

Er steckt seine Waffe weg und packt mich in eine ungestüme Umarmung, unsere durchnässten Körper sind so hart aneinandergepresst, dass ich sein Herz gegen meine Brüste schlagen spüre. Sein Mund senkt sich auf meinen hinab und wir küssen uns wild, während die Finger meiner mit Handschellen gefesselten Hände gegen seinen muskulösen Bauch drücken.

„Hasse mich nicht dafür, dass ich sie getötet habe", flüstert er rau in mein Ohr. „Sie konnte nicht leben, Catherine. Sag mir, dass du es verstehst."

Ich schaue in seine umwerfenden Augen und küsse ihn sanft, als ich das Flehen in seinen Worten höre. „Ich hasse dich nicht, Sergei. Was du getan hast, hast du für mich getan."

Etwas in ihm scheint sich zu entspannen, dann nimmt er mich in die Arme und trägt mich hinein.

„Warum bist du gegangen?", fragt er mich zehn Minuten später oben im Penthouse. Ich versinke in einem seiner schwarzen Frottee-Bademäntel, der sanft an meiner nackten, abgekühlten Haut reibt und die Feuchtigkeit auf-saugt. Meine nassen Klamotten sind weg, wurden von einem seiner Männer weggebracht.

Ich sitze mit ihm auf der Couch in seinem riesigen Schlafzimmer und ringe um Worte. „Ich habe herausgefunden, wer du bist und konnte damit nicht umgehen. Es tut mir leid. Ich hätte wirklich bleiben und mit dir reden sollen, egal auf welcher Seite des Gesetzes du stehst."

„Stört es dich denn so sehr, dass ich ein Mann mit Prinzipien, aber nicht ein Mann des Gesetzes bin?" Sein Blick ist sanft, aber fest.

„Nur ein bisschen. Wenn ich mich auf den Schutz der Polizei verlassen hätte, dann wäre ich jetzt tot. Aber du hast dich immer wieder für mich ein-gesetzt. Und ich möchte bei dir bleiben."

Es macht mir ein wenig Angst, das zuzugeben; ein Teil seiner Welt zu sein, macht mich nervös. Aber nach nur ein paar Tagen habe ich herausgefunden, wie gut er mir tut.

Er umschließt mein Gesicht mit seinen Händen, lässt seine Hand dann durch mein Haar streichen, packt es wieder an meinem Nacken und küsst mich zögernd. Meine befreiten Hände gleiten seine Brust entlang durch den Spalt seines Bademantels und ich höre, wie er fröstelnd Luft holt.

Ich kann es nicht länger ertragen. Meine Feigheit und Vertrauensprobleme sind nicht meine Freunde; sie haben mich heute fast umgebracht. Als der Kuss zum Ende kommt, zwinge ich mir die Worte leise flüsternd an seinen Lippen ab. „Schlaf mit mir."

Ein wildes Knurren entweicht seiner Kehle und er greift nach mir, nimmt mich in seine Arme und drückt mich fest gegen die Kissen. Ich lasse es bereitwillig zu, liege unter ihm, während er sein Gesicht in meinem Hals vergräbt. Mein kleiner Aufschrei ist zum Teil aus Erleichterung, da das ausgehungerte, verzweifelte Gefühl in mir anfängt, nachzulassen.

Er markiert mich mit Zähnen und seiner Zunge, wobei er Wärme an meine Hautoberfläche saugt und mich unter ihm bebend und stöhnend zurücklässt. Dieser Laut turnt ihn nur noch mehr an; er packt noch härter zu und meine Hände gleiten in seinen gelockerten Bademantel, um seine Rückenmuskeln zu liebkosen, während er mich mit seinem Mund markiert.

Ich kann hören, wie mein Atem bebt, als er überall an meinem Hals kribbelnde, wunde Punkte hinterlässt, während eine Hand unter meinen Bademantel gleitet und meine Hüfte packt. Es fällt ihm schwer, sich die Zeit zu nehmen, aber ich kann ihn erbeben spüren und grabe meine Nägel leicht in seinen Rücken, dann über seine Hüfte und raune ihm ermutigend zu. Dass er mich so braucht, macht mein Verlangen nach ihm nur noch stärker. Noch nie zuvor wollte mich ein Mann und ich bin auf einmal froh darum. Von diesem Zeitpunkt an werde ich ihm gehören und nur ihm allein.

Seine Hände erkunden langsam meine Haut, als sei er blind und versuche, sich jede Kurve und Falte mit seinen Fingerspitzen einzuprägen. Ab und zu findet er einen Punkt, der ein Kribbeln durch mich hindurch schickt und mich wimmern lässt; mein Hüftknochen, meine Wirbelsäule oder das Rundung meines Bauches, wie es von meinem Bauchnabel nach unten führt. Wenn eine bestimmte Liebkosung mich aufkeuchen lässt, dann merkt er es sich und wiederholt sie, bis ich willenlos bin und unter ihm bebe.

Dann liegen seine beiden Händen auf meinen Brüsten und er streichelt und knetet sie. Ich keuche und stöhne wieder auf; niemand hat mich je dort angefasst. Ich erstarre fast, aber es fühlt sich zu gut an und bald entspanne ich mich unter seiner Berührung.

Seine festen, rauen, aber geschmeidigen Hände bringen mich in dem Moment, wo er meine Nippel streichelt, vor Lust zum Erbeben und ich wölbe mich zurück. Die ganze Zeit über beobachtet er dabei mein Gesicht, lässt seine Augen über meinen Körper gleiten und scheint um Selbstkontrolle zu kämpfen. Seine Finger wirbeln herum, kneifen und ziehen an meinem empfindlichen Fleisch, bis ich meinen Kopf zurückfallen lasse und hysterisch zu keuchen beginne.

Er gleitet mit seinem Mund über meine Brüste, stöhnt und bedeckt sie mit Küssen. Einen Augenblick später schließen sich seine Lippen um meine Nippel und ein heftiger Lustschub durchströmt mich. Ich wölbe meinen Rücken unter ihm, drücke meine Brüste gegen sein Gesicht und packe seine Schenkel mit meinen Beinen.

Jetzt hat er die volle Kontrolle über mich. Mit jedem Saugen seines Mundes wölbe ich mich ihm immer weiter entgegen, entweicht ein Stöhnen aus meinem Mund und wächst der Hunger in mir. Das weiß er und macht mich so noch längere Zeit an, wechselt ab und zu die Brüste, während ich japse und meine Nägel noch tiefer in seine Haut grabe.

Ich sehne mich jetzt nach ihm, während meine Möse pulsiert, sich innen leer und hungrig fühlt. Aber anstatt sich auf mich zu werfen, steht er plötzlich von mir auf, steht da und starrt mich mit strahlenden Augen an. Seine Brust hebt sich, als ich ihn verwirrt anstarre.

Er hebt mich kurzerhand hoch, lässt den Bademantel zurück und lässt seinen eigenen von seinen Schultern fallen, sodass er nur noch am Gürtel um seine Taille hängt. Er trägt mich zum breiten Himmelbett und wirft mich darauf. Ich federe auf der Matratze ab, während ich etwas kichere und mich auf den Rücken wälze, um ihn anzusehen.

Er steht über mir, das Haar wild und die breite Brust sich hebend, löst den Gürtel des Bademantels und lässt ihn fallen. Sein ganzer Körper glänzt wie polierter Stein, geschmeidige Haut über harten Muskeln. Sein Schwanz ist riesig, eingebettet in einem ordentlich getrimmten dunklen Flaum, und ragt dick und glänzend von seinen Schenkeln hervor.

Ich schnappe nach Luft, strecke aber meine Hände trotz meines Schocks und diesem Funken jungfräulicher Angst nach ihm aus. Er klettert zu mir auf das Bett, seine Augen leuchtend vor Begierde und ich spüre, wie seine Eichel die Innenseite meines Schenkels hinaufgleitet. Aber anstatt in mich einzudringen, bleibt er über mich gebeugt, greift nach unten, um mit seiner Handfläche von meinem Bauch hinabzugleiten und sie dann auf meiner Möse liegenzulassen.

Er drückt sie behutsam, trommelt seine Finger dann leicht darauf. Eine Fingerspitze gleitet meinen schmerzenden Spalt entlang und dann kommt noch ein zweiter hinzu. Sie bewegen sich nach oben und streicheln mich experimentell und schicken neue Lustschübe durch meinen Körper.

Ich sollte auch bei ihm etwas machen, überzeuge ich mich, und versuche, mich genug auf meine Glieder zu konzentrieren, damit sich meine Hände bewegen. Aber als ich anfange, ihn an der Seite zu streicheln und meine Hände über seinen Rücken gleiten zu lassen, zittert er und murmelt dann: „Leg deine Hände über deinen Kopf."

Es überrascht mich, aber ich gehorche sofort, indem ich sie über der Bett-decke ausstrecke. Er schaut mir in die Augen und sagt: „Beweg sie nicht."

Meine Augen weiten sich und schließen sich dann, als er seinen Kopf wie-der zu meinen Brüsten senkt, mit seiner Zunge meine beiden Nippel steif macht, bevor er anfängt, weiter unten zu küssen. In der Zwischenzeit streichelt er meinen Kitzler, wobei einer seiner langen Finger in mich gleitet. Ich krampfe um ihn, seine Anwesenheit in mir verstärkt nur die Lust durch seine Liebkosungen.

Ich verliere mich in dieser Empfindung und bemerke gar nicht, dass er meinen Hintern zur Bettkante zieht oder aber auch, dass er hockend mit seinen Schultern meine Knie auseinanderstützt. Ich bebe jetzt bereits unkontrolliert, als die liebkosenden Finger von einer festen und agilen Zunge ersetzt werden.

Ich schreie auf und klammere mich mit meinen Fäusten an die Bettdecke, während meine Hüften sich im Rhythmus mit seiner herumwirbelnden Zunge bewegen. Ich kann mich selbst vor Lust aufschreien hören, während sich überall in meinem Körper meine Muskeln anspannen. Irgendetwas baut sich in meinem Körper auf, das Gefühl lässt meine Gedanken innerlich zusammenbrechen, bis das Einzige, das ich spüren kann, dieses verstärkende Glücksgefühl ist.

Er gleitet noch einen Finger in mich hinein, gerade einen Augenblick, bevor meine Muskeln von alleine um sie herum zu krampfen beginnen. Immer wieder explodiert in mir die Ekstase und befriedigt ein tiefes Bedürfnis, von dem ich vor heute Nacht noch gar nichts wusste. Ich zucke und schluchze, bis schließlich die Zuckungen nachlassen und mich schlaff und zitternd zurücklassen.

Er befriedigt mich weiter eindringlich mit der Zunge und erregt mich wie-der und treibt mich zum nächsten Höhepunkt. Ich drücke mich begierig an ihn und er belohnt mich damit, indem er schneller und ein bisschen grober wird. Dieses Mal stöhne ich laut, anstatt zu schreien, und die Lust kommt in langen, wollüstigen Wogen über mich.

Er macht noch weiter, selbst als ich wie nasse Baumwolle erschlaffe und nicht einmal mehr meine Augen offen halten kann. Aber dieses Mal ist es anders. Dieses Mal bringt er mich direkt zur Kante ... und dann zieht er seinen Mund und seine Hände von mir zurück.

Ich reiße meine Augen auf und sehe sein Gesicht, das voller Lust und Entschlossenheit ist, als er sich vorbeugt und seinen Schwanz ganz tief in meinen Körper stößt. Ich keuche und zucke unter ihm, als ich nur vom Druck und der lustvollen Art, wie er seinen Schwanz in mir bewegt, schon fast komme. Zunächst macht er langsam, aber hart zustoßend, reibt sich an mir, bis ich die Spannung spüren kann, wie sie sich allmählich wieder aufbaut.

Er stöhnt durch die Zähne und beschleunigt, während er seine Finger in meine Hüften bohrend in mich stößt. Ich bin fast wieder soweit, wobei ich seinen Befehl vergesse und mich an ihn klammere, Zärtlichkeiten japse und *Ja, Ja, Ja* schreie, während er gleichzeitig wortlos schreit. Härter und schneller klatschen unsere Bäuche zusammen und die Bettfedern quietschen, als er die Kontrolle über seine Zurückhaltung verliert.

Er drückt mich tief in die Matratze und durch den Druck bricht es wieder los; ich stöhne lange und kehlig, als zum dritten Mal ein Orgasmus durch meinen Körper zuckt. Ich höre seine langen, donnernden Schreie, als wäre er weit weg, und spüre, wie sein Schwanz in meinem Körper heftig zuckt.

Ich muss bewusstlos geworden sein, denn liege ich zusammengerollt an seiner Seite, als ich meine Augen wieder öffne, und wir sind zugedeckt. Der Sturm rüttelt noch an den Fenstern, als wir daliegen und wieder zu Atem kommen. Schließlich will er wissen, wie es mir geht. „Alles in Ordnung?"

Ich strecke mich und lächle ihn sanft an und die Bedenken in seinem Gesicht werden von Erleichterung und schläfriger Freude abgelöst. „Es geht mir gut. Besser als gut." Ich kann es kaum glauben, dass ich noch vor ein paar Stunden fast von einer Durchgeknallten entführt worden wäre.

Anscheinend ist guter Sex eine genauso gute Medizin wie ein paar Beruhigungsmittel. Zumindest wenn er von Sergei kommt.

Ich gleite in seinen Armen in den Schlaf, als er spekulativ sagt, „Weißt du ... wir haben noch vier Tage, bis deine Vereinbarung mit mir endet."

„Ich gehe nicht nach vier Tagen." Die Entschlossenheit in

meinem Tonfall überrascht mich so sehr wie die Worte an sich. „Ich gehöre dir, Sergei. Und du mir."

Das Lächeln, das sich auf seinem Gesicht breitmacht, ist unbezahlbar. „Ja, Catherine. Du gehörst mir. Meine Liebe. Mein Herz. Und ich gehöre dir." Als er mich so eng umschlingt, dass ich sein Herz klopfen hören kann, lüftet er sein tiefstes Geheimnis. „Ich liebe dich."

Ich halte ihn fest, diesen stärksten aller Männer, und gebe ihm die Summe unserer beiden Sehnsüchte. „Und ich liebe dich, Sergei." Meine Augen funkeln und zerstreuen ein wenig von der unterschwelligen Spannung im Zimmer, als sich sein Ausdruck vor Erstaunen entspannt. „Schlaf noch einmal mit mir." Es fällt mir nicht mehr schwer, es während dieser langen Nacht ein zweites Mal oder ein drittes und viertes und ein fünftes Mal zu sagen. Tatsächlich fällt es mir nie mehr schwer, es wieder zu sagen. Auch verweigert uns Sergei nie, was wir beide brauchen.

Ende.

Mrs. L. schreibt über kluge, schlaue Frauen und heiße, mächtige Multi-Millionäre, die sich in sie verlieben. Sie hat ihr persönliches Happyend mit ihrem Traum-Ehemann und ihrem süßen 6 Jahre alten Kind gefunden.

Im Moment arbeitet Michelle an dem nächsten Buch dieser Reihe und versucht, dem Internet fern zu bleiben.

„Danke, dass Sie eine unabhängige Autorin unterstützen. Alles was Sie tun, ob Sie eine Rezension schreiben, oder einem Bekannten erzählen, dass Ihnen dieses Buch gefallen hat, hilft mir, meinem Baby neue Windeln zu kaufen.

©Copyright 2021 Michelle L. Verlag - Alle Rechte vorbehalten.
Das Werk, einschließlich aller seiner Teile, ist urheberrechtlich geschützt. Jede Verwertung ist ohne Zustimmung des Verlages und des Autors unzulässig. Dies gilt insbesondere für die elektronische oder sonstige Vervielfältigung. Alle Rechte vorbehalten.
Der Autor behält alle Rechte, die nicht an den Verlag übertragen wurden.

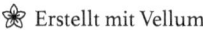 Erstellt mit Vellum

www.ingramcontent.com/pod-product-compliance
Lightning Source LLC
LaVergne TN
LVHW011737060526
838200LV00051B/3218